MÉDIUM À LOUER

L'AGENCE D'INTÉRIM PARANORMALE

TOME 2

MOLLY FITZ

Minou Mystérieux
PO Box 873543
Wasilla, AK 99687

AU SUJET DE CE LIVRE

Quand ma dernière mission a failli me faire tuer, j'ai cru que j'en avais terminé avec la Paranormal Temp Agency. Il s'avère que les ennuis ne faisaient que commencer…

Il manque un membre au conseil des agents de liaison paranormaux, ce qui rend Beech Grove vulnérable aux influences magiques extérieures. Pire encore, les chats errants qui travaillent en tant qu'agents sur le terrain disparaissent… et ne réapparaissent pas dans des refuges.

Maintenant mon patron, un chat noir nommé monsieur Grosmatou, m'a ordonné d'enquêter déguisée en fausse médium afin de découvrir ce qui arrive aux agents félins.

La semaine dernière, je ne savais même pas que la magie existait, cette semaine, c'est à moi d'aider à la sauver.

Oui, une journée banale pour la médium à mi-temps que je suis.

REMARQUE DE L'AUTRICE

Bonjour, merci d'avoir choisi ce livre ! Si vous aimez autant que moi les *cozy mysteries* qui font rire, nous allons bien nous entendre.

Pour commencer, j'aimerais vous inviter sur ma page Facebook dédiée exclusivement à mon lectorat francophone. Vous pouvez le faire ici :

facebook.com/lapilealire

Et vous pouvez également vous inscrire à ma newsletter pour recevoir un cadeau numérique gratuit comprenant une histoire exclusive au sujet d'Octo-Chat que je réserve à mes abonnés:

minoumystérieux.com/abonnez

Nous allons bien nous amuser ensemble. Tout commence en tournant la première page...

On se revoit de l'autre côté,

MOLLY

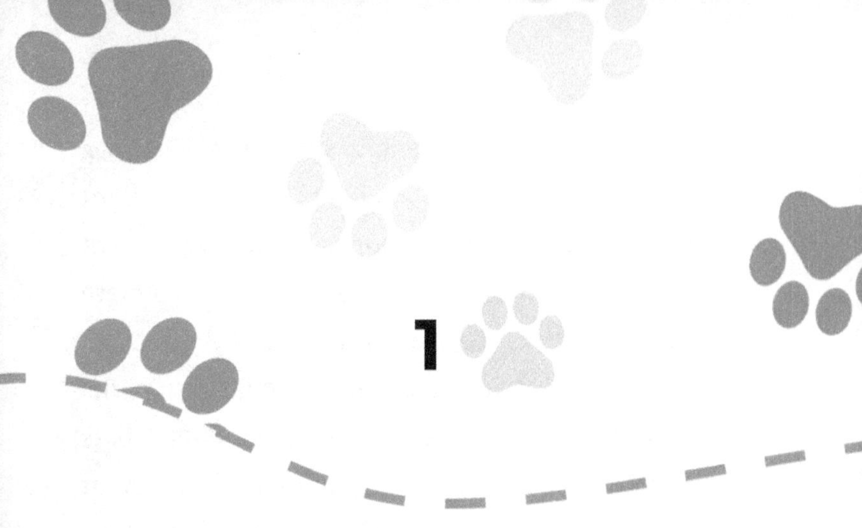

1

Je m'appelle Tawny Bigford, j'ai trente-cinq ans, je suis écrivaine à mi-temps et je viens d'apprendre que la magie existe.

Tout a commencé, voyez-vous, le jour où j'ai découvert le cadavre de ma toute nouvelle propriétaire. J'ai été virée de la scène par un policier très séduisant qui n'était pas vraiment là pour enquêter sur son meurtre. Il m'a livrée à la PTA – pas l'association de parents d'élèves, non –, la *Paranormal Temp Agency*.

Il s'agit d'une agence spéciale qui protège les intérêts des êtres doués de magie dans notre charmante région de Peach Plains, en Géorgie, et de l'un des nombreux conseils de ce type mis en place dans le monde entier.

Une fois qu'ils ont conclu que je n'étais pas responsable de la mort de ma propriétaire, ils m'ont ordonné de la remplacer temporairement. Pas en tant que propriétaire, non, mais en tant que sorcière communale de Beech Grove. Oh la vache !

À partir de là s'enchaînèrent un chat qui parle, des balais volants et des rebondissements après d'autres rebondissements. Dès que quelqu'un prenait le temps de répondre à l'une de mes questions, une dizaine d'autres au moins jaillissaient dans mon esprit.

Le temps que nous parvenions à attraper le véritable tueur qui courait toujours, j'avais la migraine à force de tout assimiler. Voilà ma vie, à présent...

Le conseil est constitué de cinq agents de liaison paranormaux, en plus du sorcier communal et du Diplomate, qui chapeaute tout ça. Le Diplomate du coin est un petit chat noir qui adore tout autant respecter les règles que donner des ordres et qui s'appelle monsieur Grosmatou.

Nous avons la douce Greta aux allures de grand-mère qui est l'agent auprès des Écoles. Et je viens d'apprendre que c'est un ange. Hmm, waouh !

Parker Barnes est justement le policier qui m'a livrée à ce cercle de timbrés magiques. C'est aussi grâce à lui que je me souviens de tout ce qu'il s'est passé alors que les autres ont tenté d'effacer mes souvenirs. Mis à part ça, son rôle est un peu plus compliqué. J'essaie toujours de le comprendre.

Enfin, il nous reste Connie, en charge du Commerce, Buckley à la tête de l'Agriculture, et un vieux type vêtu d'un costume qui sert de liaison avec les Cimetières. Oui, je ne connais toujours pas son nom...

J'étais récemment la sorcière communale par intérim, mais maintenant qu'ils ont trouvé quelqu'un pour occuper ce poste, je devrais être tranquille. Ce n'est pas pour rien que le conseil utilise des intérimaires. Ils sont plus faciles à contrôler, et moins il y a de gens au courant de ce qu'ils font, mieux c'est. Ils préfèrent disséminer la vérité entre plusieurs personnes que d'en laisser une seule creuser trop profondément et risquer de les exposer. C'est sans doute pour ça que je les trouve si perturbants.

J'ai beau être un peu triste d'avoir perdu la magie qu'ils m'ont offerte – je ne l'ai même pas gardée vingt-quatre heures, vous imaginez? –, je suis plus que prête à retrouver ma vie normale.

Le chat autoritaire, cela dit, semble avoir d'autres projets...

Oh oh.

L'aventure magique loufoque qui a bouleversé

mon monde et tout ce que je pensais savoir remonte à trois jours. Trois jours depuis qu'une nouvelle douche froide m'a conduite à ce meurtre mystérieux menant à une conspiration magique qui a failli me coûter la vie.

Trois jours.

Toute cette aventure n'a même pas duré aussi longtemps. Je crois qu'il s'est écoulé moins de vingt-quatre heures entre ma découverte du corps de madame Haberdash et le moment où le conseil de la PTA a attrapé les méchants et mis un terme à leurs projets ignobles.

En réalité, je sais précisément le temps que ça a duré.

Comment une si brève période peut-elle littéralement tout changer ?

Pour commencer, j'ai un nouveau propriétaire. Et si madame Haberdash, l'ancienne, m'évitait consciencieusement, Parker Barnes trouve au moins une demi-douzaine d'excuses par jour pour passer me voir.

Oui, ce Parker-là.

C'est un peu difficile de repousser la magie de mon esprit quand le type qui m'a introduite dans ce monde traîne sans cesse sur le pas de ma porte.

Et mon méga crush pour lui n'aide pas. Depuis

que mon ex-mari s'est trouvé une nouvelle femme –
alors que nous étions encore mariés, devrais-je
dire –, j'ai renoncé à l'amour pour jouir d'une vie en
totale liberté.

Donc même si les magnifiques yeux gris de Parker
accélèrent les battements de mon cœur, ils me
retournent l'estomac en même temps. Voilà pourquoi
j'ai imposé trois règles.

Trois jours. Trois règles.

À savoir : pas de magie, pas de mecs, pas d'aventures loufoques.

C'est tout. Elles auraient dû être faciles à respecter, d'autant que les autres membres du conseil
pensent que je n'ai aucun souvenir des événements.

Mais alors...

Boum !

Je bondis du lit et courus dans le couloir le plus
vite possible. Je me rendis compte trop tard que j'aurais sans doute dû trouver une arme quelconque à
emporter avec moi.

Il était à peine six heures du matin. Qui
pouvait... ?

Un rayon de lumière inondait le salon, alors que
je n'avais pas allumé.

— Bonjour, Tawny, me salua monsieur Grosmatou, assis juste à côté du vase brisé qui contenait autrefois un bouquet de fausses fleurs.

Je n'avais pas assez d'argent pour m'en acheter sans cesse des fraîches, et je détestais en plus voir des êtres vivants faner et mourir, donc j'avais toujours eu des fausses.

J'observai tour à tour le bazar et le chat sans nul doute à son origine, puis je levai les bras au ciel et repartis dans le couloir en direction de ma chambre.

— Tawny, attendez ! s'écria-t-il. Je sais que vous vous souvenez !

Je me répétai tout bas mes trois règles. L'apparition de Grosmatou en brisait au moins deux, et ça ne me convenait pas.

— Dégagez, marmonnai-je en continuant à me traîner jusqu'à mon lit.

— Je ne partirai pas, insista-t-il en m'emboîtant le pas. Pas tant que vous ne m'aurez pas écouté.

— Je ne vous ferai pas à manger.

La dernière fois qu'il s'était pointé chez moi avant le lever du soleil, il avait exigé que je lui prépare le petit déjeuner. Il n'était pas illogique de penser qu'il voudrait la même chose.

— J'ai déjà mangé. Et il est clair que vous n'avez rien oublié alors que je me souviens très clairement d'avoir effacé votre mémoire.

Sa déclaration me figea sur place. Je frémis.

— Qu'est-ce que vous voulez, dans ce cas?

— L'agence a une nouvelle mission pour vous, annonça-t-il.

Mes genoux cédèrent sous mon poids.

2

Je me réveillai peu après, avec le grand espoir que ce faux départ de ma journée n'ait été qu'un cauchemar. Mais non.

Mon ancien patron, monsieur Grosmatou, était roulé en boule sur ma poitrine et me regardait avec intensité.

— Vous avez fini vos simagrées ?

— Descendez, aboyai-je en le virant pour pouvoir m'asseoir.

J'avais mal au crâne. Je me pris la tête à deux mains.

— Un peu plus de respect pour votre employeur, je vous prie, répliqua-t-il d'une voix rauque.

Mon employeur, ha ! Je n'avais jamais postulé pour l'agence d'intérim paranormale et je n'en avais jamais eu l'intention. J'étais plutôt heureuse de mon travail de romancière à mi-temps et de femme libre de faire ce qui lui chantait à temps plein.

C'était le cas, avant que Grosmatou et sa troupe se pointent et mettent ma vie sens dessus dessous.

Le chat noir, assis non loin de moi, continuait à me fusiller du regard.

Un nuage de petits poils noirs vola jusqu'à mon visage et j'éternuai sans prendre la peine de me couvrir la bouche, dans l'espoir que l'humidité dégoûtante qui en sortirait me débarrasserait enfin de mon indésirable visiteur félin.

Il grogna et se dirigea vers le couloir.

— Je vous attendrai à la cuisine. Venez dès que vous êtes prête. Et si vous avez du steak ou des crevettes, n'hésitez pas, d'accord ?

Évidemment. Un peu de crème fraîche, ça ne convenait pas à cet enquiquineur. Seuls des morceaux de viande coûteux pouvaient apaiser sa faim. Pourquoi est-ce que je prenais la peine de me souvenir de ça ? Je ne voulais pas être proche de lui.

Je restai donc allongée sur la vieille moquette usée de ma minuscule maisonnette pendant un bon moment, dans l'espoir que si j'attendais assez longtemps, Grosmatou s'en irait de lui-même.

Malheureusement, ce n'était pas mon jour de chance.

— Qu'est-ce que vous faites là? demandai-je alors que je rejoignais la cuisine en gémissant.

Grosmatou soupira comme si c'était moi qui étais venue chez lui sans prévenir.

— Je vous l'ai déjà dit. Le conseil a une nouvelle mission pour vous.

J'attrapai une banane dans la coupe à fruits rangée en haut de mon frigo et je fusillai du regard le petit chat noir tandis que je la pelais.

— Je refuse.

Il leva au ciel ses énormes yeux jaunes.

— Ça a déjà été décidé.

Je m'étouffai avec mon morceau de banane, la respiration sifflante, et je toussai pour le faire descendre par le bon endroit.

— Décidé? Sans moi? Pas encore!

— C'est pour ça que c'est moi le patron, et vous, une simple intérimaire.

— Et si je n'ai pas envie d'en être une?

— Trop tard, rétorqua-t-il en agitant la queue.

— Vous savez, vous pourriez essayer la flatterie, à l'occasion, déclarai-je.

Je m'adossai au réfrigérateur et je fermai les yeux. Il était trop tôt pour tout ça. J'avais besoin d'une semaine supplémentaire pour me remettre de la dernière fois que ce petit chat noir avait bouleversé mon monde. Et pourtant, il était revenu, et s'il existait un moyen de lui faire comprendre que « non, c'est non », je ne l'avais pas encore trouvé.

— Je n'ai pas l'intention de ménager vos fragiles sentiments humains.

Sa voix devenait de plus en plus grave et de plus en plus rébarbative. Grosmatou possédait cette capacité flippante à marmonner ses mots d'une seule traite. Ça mettait un terme à tout son côté mignon apporté par ses moustaches et son museau poilu, et ça le rangeait dans la catégorie des personnages cauchemardesques.

— J'ai besoin de votre aide pour retrouver nos agents de terrain portés disparus.

Je m'apprêtai à refuser, puis j'assimilai ses paroles.

— Des agents de terrain ont disparu ?

Il inclina la tête.

— Oui, certains de nos meilleurs hommes.

Il m'avait révélé précédemment que la plupart des chats de gouttière que nous voyions dans les rues étaient en réalité des agents travaillant sur le terrain. Ils servaient à maintenir l'équilibre de la magie et alerter les différents conseils paranormaux régionaux de possibles signes de troubles.

— Vous voulez que j'aille voir dans les refuges de la région si je les trouve ? proposai-je.

Même si je n'avais pas envie qu'il se sente autorisé à me convoquer n'importe quand et sous n'importe quel prétexte, j'avais un cœur. Si des vies étaient en jeu…

— Ne soyez pas bête, feula-t-il en reportant son attention sur moi. C'est le premier endroit où nous avons cherché, en vain. Et pendant ce temps, d'autres agents continuent de disparaître.

Je reculai une chaise et je m'assis.

— Que leur est-il arrivé ?

— Aucune idée, et je n'ai pas le temps de choisir un autre normal dans la rue et lui révéler notre existence. Puisque Barnes a fait en sorte que vous n'oubliiez pas cette mission à nos côtés, autant nous servir de vous.

— Ravie d'apprendre que je suis votre premier choix.

Je m'en tins là, ravalant toute autre réplique.

— Comme il s'agit d'un problème diplomatique, vous travaillerez directement sous mes ordres, naturellement.

Il n'avait pas l'air plus ravi que moi à cette idée.

— Naturellement, répétai-je, en faisant l'effort de rester neutre.

Monsieur Grosmatou plissa les yeux et me lança un regard noir, une manœuvre d'intimidation flagrante. Elle eut tout à fait l'effet escompté.

— Très bien, mais seulement parce que des vies sont sans doute en jeu, acceptai-je à contrecœur, admettant ma défaite.

— Des vies sont toujours en jeu dès lors que la magie est impliquée. Vous n'avez donc rien appris, la dernière fois?

— Je présume que non, répliquai-je, la bouche pleine de banane. On commence quand?

— On commence maintenant.

Il descendit d'un bond de la table de la cuisine et fila vers la porte.

3

Plutôt que de le suivre, je restai vissée sur ma chaise et je poussai un énorme bâillement. Ma dernière véritable nuit de sommeil remontait à ce bref coma magique que j'avais subi à la fin de ma dernière mission avec le chat autoritaire. Depuis, soit j'enchaînais les flash-backs terrifiants, soit je restais éveillée toute la nuit à me demander comment j'avais pu manquer un truc aussi gros que l'existence de la magie, et pendant trente-cinq ans, rien que ça.

Inutile de le dire, j'étais épuisée. Encore plus si nous tenions compte de l'heure matinale.

Malgré tout, pour sauver des vies, j'étais prête à accepter une mission de plus dans ce boulot que je n'avais jamais demandé et dont je n'avais pas du tout envie.

— Je vais prendre une douche en vitesse pour me réveiller, et ensuite, je serai toute à vous, annonçai-je avec un sourire aimable.

Dès que je prononçai ces mots, je sus qu'ils ne seraient pas bien accueillis.

Grosmatou retroussa sa babine supérieure et secoua la tête.

— Qu'est-ce que vous n'avez pas compris dans « on commence maintenant » ? Le « maintenant », c'est ça ?

Je répondis d'un regard noir. Est-ce que je pouvais ignorer ses volontés et prendre ma douche quand même ? Non, il m'y suivrait certainement, et je n'avais pas du tout envie que ce détestable félin mate mon corps nu et fasse des remarques désagréables.

— Pourquoi vous êtes aussi méchant ?

— Pourquoi vous êtes aussi fainéante ?

— Pffff.

C'était tout ce que mon cerveau fatigué pouvait trouver comme répartie. Je levai les bras au ciel et me dirigeai vers la porte.

Alors que le soleil commençait à se lever, le chat noir me suivit dehors, apparemment très satisfait de lui-même.

Je me protégeai les yeux avec la main.

— Et maintenant ?

— Portez-moi, demanda-t-il d'une façon presque gentille.

Mais je n'étais pas dupe.

— Beurk, non.

— Vous voulez voler ou non ?

— Je ne peux pas voler, monsieur Grincheux. Vous m'avez pris ma magie.

Bien que je sente ses yeux d'une intelligence troublante se fixer sur moi, je continuai à contempler l'horizon.

— Tout d'abord, cette magie ne vous a jamais appartenu, rectifia-t-il de sa voix serpentine. Elle est la propriété de l'agence d'intérim paranormale. Ensuite, soulevez-moi et serrez-moi fort contre votre poitrine.

— Mais...

Ma protestation se mua très vite en bruyant cri de douleur.

Grosmatou grogna et enfonça ses griffes dans mon pyjama pour me grimper dessus comme si j'étais un arbre à chats.

D'instinct, je le saisis et j'éloignai ses mini-couteaux et lui de mon flanc. Aussitôt, un éclat de magie rose jaillit de son petit corps félin et nous propulsa vers le ciel, au-dessus de ma maisonnette.

Ahhh, comment oublier cette substance scintillante qui détenait plus de pouvoir que tous les membres du conseil réunis ? J'avais essayé, et n'y étais pas parvenue.

Je m'accrochai de toutes mes forces au corps de monsieur Grosmatou alors que nous volions de plus en plus vite vers notre destination. J'avais préféré mon premier vol, assise sur un balai, où j'avais au moins eu l'impression de maîtriser une partie du processus.

Perdue, je fermai les yeux et je consacrai toute mon énergie à serrer ce chat timbré contre ma poitrine. Je ne les rouvris que lorsque je sentis mes fesses atterrir sur une chaise de bureau rembourrée.

— Ça suffit ! Lâchez-moi ! s'écria Grosmatou, qui feula et grogna en se débattant contre mon étreinte mortelle.

Je m'exécutai et il bondit sur la table, puis il décida de se laver à grands coups de langue vigoureux, sans doute souillé par moi. La magie rose brillante qui avait fondé cet endroit s'éleva vers le plafond vitré de la grande salle de réunion et en referma les fenêtres, enfermant Grosmatou et moi à l'intérieur.

— Je croyais qu'on n'avait pas le temps de se laver, grommelai-je, énervée.

Même si je n'étais qu'une intérimaire, je n'appréciais pas que ce soit deux poids, deux mesures, ici. Après tout, je n'avais rien demandé. Une fois de plus, tout ce que j'avais souhaité, c'était une bonne douche chaude pour démarrer la journée.

— Je ne peux pas laisser vos mains puantes et transpirantes sur mon poil, m'expliqua-t-il en continuant à se lécher, ce qui étouffa sa voix et la rendit encore plus difficile à comprendre que d'habitude. En plus, je suis le patron. Par conséquent, les règles sont différentes.

— Mais bien sûr…

Je croisai les bras et je restai immobile cinq bonnes minutes tandis que le chat se livrait à sa toilette impromptue. J'étais à moitié tentée de sortir de là et de retrouver mon chemin pour rentrer chez moi, mais je savais que l'agence ne me laisserait pas partir si facilement.

— Excusez-moi, je croyais que nous étions pressés ? me plaignis-je en me balançant sur ma chaise.

— J'ai… presque… fini, m'informa-t-il entre deux longs coups de langue exagérés.

Je grognai et posai la tête sur la table. Je pouvais sans doute faire un petit somme ? Après tout, impossible de dire combien de temps ça lui prendrait. Les chats ne passaient-ils pas vingt heures par jour à se laver? Ou bien c'était à dormir? J'ignorais les habitudes des chats normaux, et de toute façon, Grosmatou n'en faisait pas partie. Il avait beau proclamer que tous les chats possédaient de la magie, je doutais que tous parlent aux humains de la même façon que lui.

Cinq minutes de plus s'écoulèrent, et il eut enfin terminé. Il me fusilla de son regard impatient, sans ciller.

— Eh bien alors, qu'est-ce qu'on attend? Allons-y!

Je levai la tête juste à temps pour le voir filer, comme si j'étais responsable de notre retard.

Je commençais à le soupçonner de n'avoir des intérimaires que pour avoir quelqu'un sur qui crier quand les choses ne se passaient pas comme il l'espérait.

Voilà qui me promettait une journée fabuleuse.

4

— Attendez! m'écriai-je à l'intention du chat rapide.

Comment parvenait-il toujours à me convaincre de le suivre, d'ailleurs?

— Où sont les autres? demandai-je en lui courant après.

— Il n'y a personne d'autre, me répondit monsieur Grosmatou sans s'arrêter de trottiner dans les couloirs sombres, ce qui ne me laissa pas d'autre choix que d'accélérer le rythme. Vous ne vous attendez quand même pas à ce que je convoque tout le conseil à chacune de vos visites?

— Mais je... Oh, laissez tomber.

Il avait beau me mettre en colère, il ne servait à rien d'argumenter, avec lui. Grosmatou abuserait toujours de son rang, et je finirais toujours plus agacée. Malgré tout, ça aurait été sympa d'avoir Greta ou Parker ou n'importe qui d'autre pour servir de tampon entre le chat ronchon et moi.

Je m'accrochais encore à l'espoir qu'un allié apparaisse soudain quand Grosmatou me conduisit dans l'endroit caverneux ressemblant à un entrepôt que je reconnus tout de suite. C'était là qu'il m'avait lancé du vent et des boules de feu quelques jours auparavant, lors de notre dernier « entraînement ». L'angoisse monta en moi à ce souvenir déplaisant, et je m'immobilisai à l'entrée de la pièce.

— Qu'est-ce que vous faites ? grogna-t-il, à l'autre bout. Venez là, et tout de suite !

Je ravalai ma peur en me basant sur le raisonnement bancal selon lequel monsieur Grosmatou avait besoin de mon aide et donc ne me ferait aucun mal. *Sans doute.* Même si, la dernière fois que j'étais sous sa protection, j'avais failli être tuée par un magicien déshérité et sa petite-fille gothique. Mais bon, personne ne tenait les comptes, n'est-ce pas ?

Je m'avançai vers lui, le souffle court et haché, mais je m'approchai de lui quand même. Plus vite je faisais ce qu'il voulait, plus vite il me laisserait tranquille. Pour de bon, cette fois, avec un peu de chance.

Quand je rejoignis Grosmatou, il bondit vers une

ouverture au plafond, gambada un peu là-haut, puis redescendit avec un agaçant mélange de grâce naturelle et d'art de la mise en scène surnaturel. Il cracha un petit objet argenté brillant à mes pieds.

— Ma magie ! m'écriai-je. Je vais vraiment la récupérer ?

Ce bijou décoré ressemblait au croisement entre un papillon et un arc. La dernière fois que Grosmatou et l'agence me l'avaient remis, sa magie imitait celle de la sorcière communale, le rôle que j'étais censée jouer en attendant qu'ils découvrent qui avait assassiné ma prédécesseure.

J'avais beau ne pas avoir gardé longtemps cette magie ni fait grand-chose avec, elle m'avait manqué.

La puissance du soudain désir qui me submergea était effrayante.

Pas de magie. C'était l'une de mes trois règles. Et pourtant, je me penchai pour ramasser la broche avec empressement.

— Vous croyez sincèrement que nous vous accorderons de nouveau tant de pouvoir ? Vous avez failli nous faire tous tuer il y a à peine... quoi ? Une semaine ?

Rien de tel qu'un chat, et celui-ci en particulier, pour me remettre à ma place.

— Moins que ça, le corrigeai-je malgré moi.

Je secouai la tête et m'exprimai d'une voix plus forte :

— Ça n'a pas d'importance. Si ce bijou ne contient pas ma magie, alors à quoi il sert ?

Grosmatou posa sa patte sur mon pied. Seule une fine chaussette me séparait de ses griffes.

— Cette magie n'a jamais été la vôtre. Vous n'êtes qu'une intérimaire, ne l'oubliez pas.

— Comment pourrais-je l'oublier ? marmonnai-je.

Ce boulot m'attirait autant que je le haïssais.

— D'autres questions ?

— J'ignore toujours ce que je fais là et pourquoi vous m'avez choisie.

Il pencha la tête sur le côté et me dévisagea.

— Ce n'est pas vraiment une question. Si ?

— Hmm.

— Dans ce cas... Accrochez la broche à votre tee-shirt et suivez-moi.

— Attendez ! le rappelai-je.

J'avais l'impression de passer mon temps à lui demander ça, mais maintenant que mon esprit s'était un peu mis à la page, j'avais bel et bien une question.

— La dernière fois, je n'avais pas vu la magie avant que vous ne me donniez mes pouvoirs. Aujourd'hui, je l'ai remarquée directement. Pourquoi ?

Il rit tout bas.

— Vous êtes observatrice. Ça sera utile pour la mission d'aujourd'hui.

Je souris et hochai la tête. J'attendis. Puis je lançai :

— Eh bien, vous comptez répondre ?

— Je suis le Diplomate. C'est moi qui décide qui peut la voir et quand.

— Donc ça n'avait rien à voir avec la broche l'autre jour ? Seulement avec vous ?

— Je suis bien plus impressionnant qu'un vulgaire bijou, railla-t-il. D'après vous, comment la magie est-elle arrivée ici, pour commencer ?

— Oh, marmonnai-je, à court de mots.

— Oh, m'imita-t-il, avant de lever les yeux au ciel. Maintenant, accrochez ça et suivez-moi.

Cette fois-ci, je m'exécutai, puis je lui emboîtai le pas jusqu'à la salle du conseil.

— Fermez la porte, me lança-t-il dès que nous fûmes à l'intérieur.

Il avait déjà sauté sur la longue table et s'était mis à déambuler dessus.

— Baissez l'écran.

— Quel écran ?

Je regardai les murs et le plafond, mais ne vis rien

de plus que la pièce, ses rares meubles et la magie rose tourbillonnante.

— Pas vous, répliqua-t-il froidement.

La substance rose enchantée, qui reliait le conseil dirigé par Grosmatou aux autres de par le monde, tourbillonna et révéla un grand rideau de vidéoprojection. Une image apparut, celle de Grosmatou debout sur la table avec l'écran dans son dos.

— Qu'est-ce que...

Les mots moururent sur mes lèvres.

— La magie de la technologie, annonça-t-il avec un sourire narquois et satisfait.

Je compris alors. Il ne m'avait pas accordé la moindre goutte de magie. Il m'avait donné un appareil de surveillance sophistiqué.

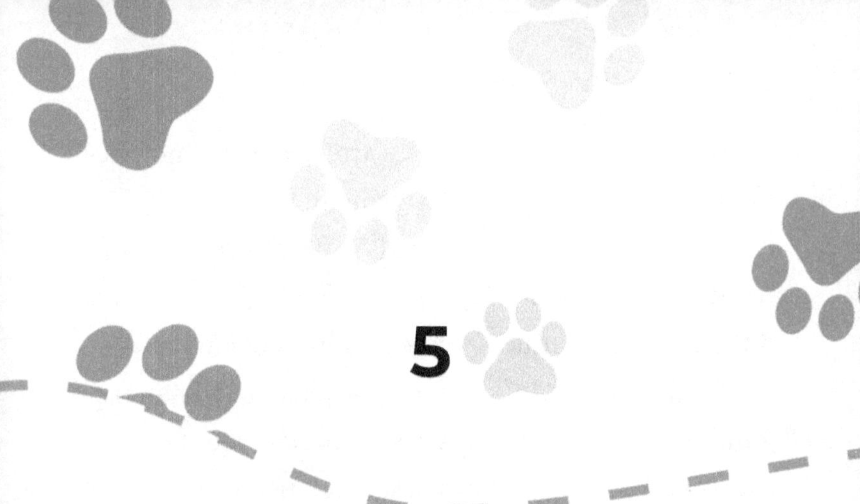

5

e serrai les dents, énervée.

— En fait, vous n'avez pas vraiment besoin de mon aide. Juste d'une personne portant la caméra à votre place.

— Exactement.

Sa tête rebondit avec enthousiasme.

— Nous avons besoin d'une personne ordinaire que les autres êtres doués de magie ne remarqueront pas. C'est là que vous entrez en jeu.

— Ouah, merci !

Il m'avait insultée de nombreuses fois auparavant et continuerait de nombreuses fois encore. Je ne devais pas baser mon estimation de ma propre valeur sur l'opinion d'un seul imbécile de chat, même si c'était lui qui dirigeait les opérations.

Il marcha sur la table et s'arrêta devant moi. Ses moustaches s'agitèrent pensivement.

— Cela dit, qu'est-ce qui vous a pris de vous teindre les cheveux de cette couleur? Elle est plus difficile à ignorer que le reste de votre personne.

Je posai la main sur mes cheveux rose chewing-gum. Ils constituaient la seule preuve du fait que j'avais eu un jour des pouvoirs magiques. J'avais tenté de me changer en flamant rose – longue histoire – et avais fini à la place avec cette coloration unique et flamboyante. Je l'appréciais de plus en plus, d'ailleurs.

— Je ne changerai pas de couleur, déclarai-je, les dents serrées.

D'accord, j'étais peut-être un peu susceptible, mais personne n'aimait se faire insulter, n'est-ce pas?

— Je ne vous ai jamais demandé de le faire!

Monsieur Grosmatou tourna plusieurs fois sur lui-même, puis tendit la patte vers moi avec grandi-loquence.

— Je m'en chargerai pour vous!

Je bondis de ma chaise, exaspérée.

— Non! Que je sois magicienne ou non, j'ai des droits!

Grosmatou resta bouche bée et ses yeux s'écarquillèrent tandis qu'il baissait la tête vers sa patte tendue.

— Quoi ?

J'avais presque peur de savoir ce qui perturbait ce chat normalement blasé.

Il ne me répondit pas, se contentant d'observer tour à tour sa patte et moi. Je crus l'entendre marmonner « pas possible » quelque part dans le lot, sans certitude.

Mais comme j'avais envie de comprendre ce qu'il se passait, je retirai la broche et la plaçai devant mon visage. Une fraction de seconde plus tard, j'apparus à l'écran avec mes cheveux rose vif.

— Oh, dis-je, en me regardant parler à l'image. Vous avez tenté de changer mes cheveux, mais vous n'avez pas réussi. Ça veut dire que je suis plus forte que vous ?

Cette tournure inattendue des événements déclencha mon hilarité.

Monsieur Grosmatou feula.

— C'était juste une plaisanterie. Je n'avais pas l'intention de toucher à votre coiffure idiote.

Il savait aussi bien que moi que c'était un mensonge. Je ne comprenais pas comment mon accidentel tour de passe-passe réalisé avec ma magie très temporaire pouvait résister à la tentative du chat d'annuler ses effets. Il était l'être le plus magique de toute la région, à moins que…

— C'est bon, arrêtez de me fixer, s'énerva Grosmatou, qui se retourna et se dirigea vers l'autre bout de la table. L'heure du relooking a sonné.

— Non, vous ne toucherez pas à mes cheveux, lui rappelai-je en me renfrognant.

C'était sans doute un coup de bol qu'il n'ait pas réussi à modifier la couleur à l'instant. À l'échelle du monde, j'avais des sujets plus importants à traiter. Comme survivre à cette mission en conservant ma santé mentale et mon amour propre.

— Vos cheveux peuvent rester comme ça, mais le reste doit être amélioré.

Il sauta de la table et trottina vers moi.

— Levez-vous.

Je m'exécutai. J'étais en partie vexée, en partie trop intriguée pour résister. Ça impliquait quoi, un relooking magique ?

— Je ne suis peut-être pas le mieux placé pour ça, admit le chat en me tournant autour. Convoquez Connie.

Il prononça ces deux mots bien mieux que tous ceux que je l'avais entendu énoncer jusque-là. Il s'arrêta même après chaque syllabe.

Dès qu'il eut lancé son ordre, l'écran disparut du

centre de la pièce et la magie rose scintillante fila par le toit comme un golden retriever à la poursuive d'une balle.

— Ça va prendre quelques instants, m'informa Grosmatou en remontant sur la table pour y poser son derrière.

Il se lécha alors la patte et se la passa sur le front.

— Connie, c'est le Commerce, c'est ça? demandai-je en restant debout.

J'essayai de me rappeler qui étaient les autres. La dernière fois, je n'avais véritablement connu que Parker, Greta et mon compagnon actuel. Grosmatou était le chef du conseil qui comprenait également six autres personnalités magiques importantes pour la communauté. Outre le Diplomate, il y avait la sorcière communale et des agents de liaison avec la police, les écoles, les cimetières, l'agriculture et le commerce.

Bien que je n'aie pas fréquenté Connie lors de notre précédente aventure, je me souvenais d'une femme très bien habillée et s'exprimant avec une pointe de brusquerie. Elle ne craignait pas de contredire Grosmatou ou n'importe qui d'autre.

Quelques minutes plus tard, elle descendit du plafond en flottant. Malgré l'heure matinale, elle avait la même allure que si elle sortait d'un salon de coiffure. Elle s'était maquillée et ses cheveux étaient coiffés à la perfection. Elle avait beau être de grande taille, elle se déplaçait avec grâce et sans effort. J'étais tellement fascinée que j'avais de la peine à détourner le regard.

— Qu'est-ce qu'il y a? lança-t-elle sèchement au chat.

— Je vais envoyer Tawny enquêter sur la disparition des agents de terrain. Elle doit avoir la tête de l'emploi.

Le manque de politesse de la nouvelle venue ne paraissait pas le gêner, alors qu'il me volait toujours dans les plumes dès que j'émettais une remarque déplacée.

— Hmm.

Connie se mordit la lèvre en me détaillant de haut en bas. Une petite goutte de sang jaillit sous la pression, et elle sortit la langue pour la lécher.

Effrayée, je fis un grand pas en arrière.

— Quoi? Tu n'as jamais vu une vampire avant? s'exclama-t-elle avant de dévoiler ses canines.

Surprise et horrifiée, je reculai à nouveau jusqu'à être plaquée au mur. Je lâchai une plainte sourde et gutturale. J'allais vraiment mourir de cette façon?

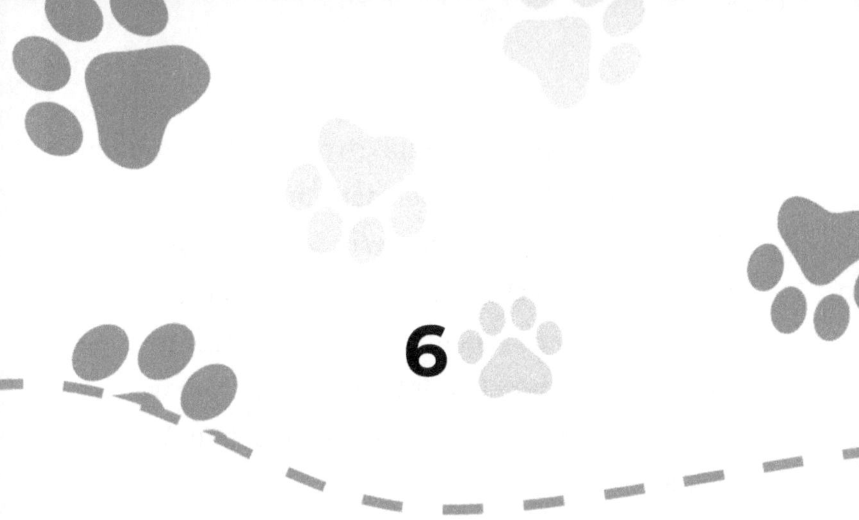

6

— **D**onc, les chats qui parlent, les sorcières et les anges, pas de problème, mais les vampires, c'est ta limite?

Bien que son ton soit taquin, son visage trahissait son agacement. Et une pointe d'hostilité.

— Je...

Qu'étais-je censée dire? *Non, non, non, vous êtes très bien comme vous êtes. S'il vous plaît, acceptez mon sang en guise d'excuse?* Parce que ça, c'était hors de question.

— Désolée, dis-je d'une voix suraiguë.

Connie secoua la tête et fronça les sourcils.

— «Désolée», ça ne suffit pas.

Elle s'approcha, les yeux rivés sur l'endroit où mon pouls battait la chamade dans mon cou.

Nous n'étions plus séparées que de quelques centimètres à présent. Comme j'étais coincée contre le mur, je n'avais aucun moyen de m'enfuir. Je déglutis et me suppliai intérieurement de ne pas vomir sur ses chaussures à talon de créateur à cause du stress.

— S'il vous plaît, ne me mangez pas, geignis-je, pathétique.

Je fermai les yeux et retins mon souffle.

Connie et Grosmatou éclatèrent de rire, se moquant de ma terreur évidente.

— S'il vous plaît, ne me mangez pas, ô grand vampire effrayant ! s'écria le chat d'une voix nasale apparemment censée imiter la mienne.

Je rouvris les yeux. Maintenant que j'avais moins peur, j'étais furieuse.

— Ah, les normaux, commenta Connie en soupirant, un petit sourire aux coins des lèvres.

Aux coins de ses lèvres rouge sang.

— Je... Je n'apprécie pas qu'on se moque de moi, balbutiai-je en tentant d'avoir l'air calme et plus posée que je ne l'étais en réalité. Ce n'est pas ma faute si je n'ai jamais rencontré de vampire auparavant.

— En réalité, intervint Grosmatou, amusé, c'est sans doute le cas, mais sans vous en apercevoir.

Le choc me laissa bouche bée.

— Laisse-moi deviner, lança Connie, une main sur sa hanche, en me contemplant avec la même intensité qu'auparavant.

Je ne me rendis compte qu'à ce moment-là qu'elle ne clignait jamais des paupières.

— Tu as lu tous les vieux classiques? *Dracula, Twilight, Entretien avec un vampire*?

— Eh bien, oui, je suis auteure, après tout. J'aime lire.

J'avais beau vouloir la jouer cool suite à cette nouvelle révélation magique, mon instinct me hurlait d'aller me planquer.

— Et... *Twilight* est déjà considéré comme un classique? ajoutai-je pour détendre l'atmosphère.

Ma plaisanterie n'amusa personne.

Connie fronça le nez comme si elle était sur le point d'éternuer et déclara :

— Les normaux se trompent sur tellement de sujets, et quand ils comprennent enfin, ils sont dépassés.

— D'a... ccord, répondis-je, puisqu'elle semblait attendre que je parle.

— Les vampires ne boivent pas de sang. Plus maintenant.

Au même moment, je me rendis compte que sa poitrine ne se soulevait pas au rythme d'une respiration. Peut-être parce qu'elle n'était pas vivante. Puisqu'elle était une vampire, bordel.

Je fronçai les sourcils et la dévisageai, à moitié incrédule et toujours un peu horrifiée.

— Alors, pourquoi avez-vous… ?

Elle sourit pour la première fois.

— Pour me moquer de toi. C'est assez clair, non ?

— Vous buvez du sang de biche, comme les Cullen ?

Plus je comprendrais la créature intimidante qui se tenait devant moi, moins je la craindrais. Enfin, c'était l'idée, en tout cas.

— Non, très chère. Je suis morte. Je n'ai plus besoin de boire ou manger quoi que ce soit.

— Vous êtes plutôt comme un zombie, alors ?

Elle balaya ma remarque de sa main à la manucure parfaite.

— Non, non. Je ne mange pas les cerveaux non plus.

Grosmatou sauta sur la table et se racla la gorge.

— Permettez-moi de m'en mêler, sinon nous allons y passer la journée.

Nous nous tournâmes vers le chat autoritaire, attendant une explication.

— Les vampires aspirent la force vitale des humains pour survivre, m'apprit-il.

Un frisson me parcourut.

— Oui, leur sang.

Connie secoua la tête.

— C'était le cas autrefois, mais plus maintenant.

— Alors… quoi ?

— L'argent, annoncèrent-ils à l'unisson.

J'y réfléchis quelques instants, mais je ne parvenais pas à concilier ce qu'ils me disaient avec les histoires qui avaient bercé mon enfance.

— Dans votre monde « moderne »…

Elle mima les guillemets.

— L'argent représente l'immortalité. Si vous en possédez assez, vous pouvez presque acheter votre survie.

— Non, c'est faux. Des gens riches meurent sans arrêt.

Je refusais de croire ce qu'elle me disait. Elle avait raison. Apparemment, les vampires étaient ma limite.

— Juste les normaux. Les magicks peuvent vivre éternellement, s'ils le veulent, précisa Grosmatou. C'est en partie pour ça que tout le monde dit que les chats ont neuf vies.

— Non, ce n'est pas vrai non plus. Madame Haberdash est morte la semaine dernière, protestai-je, évoquant mon ancienne propriétaire dont la mort avait été le déclencheur de mon association avec l'agence d'intérim paranormale.

— Elle n'a pas voulu devenir une vampire, annonça Grosmatou. Je lui avais proposé cette option avant de mettre notre plan au point.

— Vieille peau bourrée de préjugés, commenta Connie, qui ajouta une autre insulte pour la forme.

— Si c'est si génial que ça d'être un vampire, pourquoi elle n'a pas voulu emprunter cette voie ? m'étonnai-je tout haut.

— Trop de questions, répliqua Grosmatou en agitant la queue. Ce n'est pas sur le rôle de Connie au sein de l'agence que nous devrions nous concentrer à l'heure actuelle. Vous avez besoin d'un relooking.

— Il faut accepter de renoncer à certaines choses, murmura Connie en me regardant droit dans les yeux. Tu gagnes l'immortalité, mais le prix à payer est trop grand, pour certains.

— Qu'est-ce que...

— Ça suffit, grogna Grosmatou. Donne-lui la bonne apparence et va-t'en.

— Je ne t'aime pas, lança Connie en fusillant le chat du regard.

Il leva le nez en l'air et souffla.

— Je ne t'ai jamais demandé de m'aimer et je n'attends pas un tel sentiment de ta part. Mais tu as un travail à accomplir, alors fais-le.

Au moins, je n'étais pas la seule qu'il traitait comme de la merde. Malgré tout, j'avais tant de questions à poser à Connie. J'en aurais l'occasion plus tard, avec un peu de chance…

7

Puisque nous avions été virées sans cérémonie de la salle du conseil, Connie me conduisit jusqu'à un bureau dans lequel je n'avais jamais mis les pieds.

— C'est le vôtre ? lui demandai-je en observant l'espace sombre et sans fenêtre.

Au lieu des traditionnels bureau et chaise à roulettes, il était muni de deux fauteuils club élégants séparés par une petite table en marbre sur un tapis à poils longs violet foncé.

— Pffff. On peut dire ça. Plus ou moins. C'est plus pour la mise en scène qu'autre chose et en général, c'est moi qui m'en charge, parce que Grosmatou est un peu sexiste et que la vieille Greta serait incapable de sortir d'une boîte en carton.

Je lui lançai un regard soupçonneux.

— La mise en scène ?

C'était une question tout à fait logique, mais Connie me parut tout à fait impatiente.

— Maquillage, mise en scène, glamour. C'est toujours à moi que Grosmatou fait appel lorsqu'il est question d'embellissement.

— Pourquoi vous ne l'aimez pas ? me risquai-je à demander.

Le chat noir avait beau m'agacer, au moins, il était prévisible. En revanche, je devais rester sur mes gardes en présence de l'agent de liaison pour le Commerce. Même si elle n'avait pas forcément l'intention de me sucer le sang, il était écrit DANGER sur son front en lettres fluo.

— Ce n'est pas que je ne l'aime pas. C'est que je n'en suis pas capable.

Je levai les yeux au ciel. Moi et mes réflexes.

— Oh, d'accord, c'est tout de suite plus clair.

Elle se détourna de moi et s'approcha du mur à l'opposé du coin salon.

— Tu en sais déjà beaucoup trop. Ils auraient dû t'effacer la mémoire et laisser les choses en l'état. Grosmatou n'aurait pas dû te confier une seconde mission, vu le boulot merdique que tu as fait sur la première.

Je fronçai les sourcils.

— Oh, je vois. Vous ne m'aimez pas non plus.

— Vraiment pas, non, reconnut-elle.

Elle écarta un panneau de mur et dévoila un immense placard. Bouche bée, je contemplai la garde-robe de luxe cachée dans ce bâtiment miteux. Elle s'étendait à perte de vue. Elle avait été clairement agrandie grâce à la magie. Mais quelle utilité avait le conseil d'une telle section costumes ?

Je m'avançai dans le dressing. Connie prit une grande inspiration et plongea au milieu des vêtements.

— Reste là, me lança-t-elle sèchement.

Pendant ce temps, je me demandai pourquoi elle avait choisi d'inspirer avec tant d'exagération alors qu'elle n'avait pas du tout besoin de respirer. Que cherchait-elle à communiquer ?

— Je ne comprends toujours pas pourquoi j'ai besoin d'un relooking, m'écriai-je en tordant le cou pour essayer de la repérer parmi les tenues multi-colores.

— Tu en avais quand même besoin, avec ou sans cette mission. Tu n'es pas censée porter ton pyjama en dehors de ta chambre à coucher, très chère.

Même à distance, sa dérision était parfaitement perceptible.

Je croisai les bras pour cacher mon tee-shirt miteux et je fulminai en silence. Comparé à cette vieille vampire ronchonne, Grosmatou était aimable comme une miss Monde.

— Comment se passent les recherches pour trouver un nouvel agent de liaison avec les forces de l'ordre? demandai-je quelques instants plus tard, dans une tentative malhabile de faire la conversation.

— Pas très bien, répondit-elle sur un ton monotone.

— Oui, ça va être dur de remplacer Parker.

Au fond de moi, je le préférais dans le rôle de sorcier communal, parce que ça nous permettait d'être voisins. Je me sentais en sécurité avec lui sur le même terrain, et j'aimais le regarder par la fenêtre quand il s'occupait du jardin entre nos deux maisons.

— Cet amateur incompétent? répliqua Connie, avant de rire.

Je commençais à la soupçonner de ne pas apprécier grand monde.

À partir de là, j'arrêtai d'essayer de discuter et j'attendis plutôt son retour en silence.

Elle sortit en portant une pile de vêtements noirs. Enfin, principalement sombres, avec quelques pointes violettes pour le contraste.

Je souris et tentai une plaisanterie :

— C'est un truc de paranormaux ou bien on porte tous du noir en l'honneur de notre grand patron?

Elle renifla.

— Je porte ce que je veux. Toi, tu vas mettre ça.

Elle me fourra les habits dans les mains, puis quitta le dressing et referma derrière elle pour me laisser un peu d'intimité.

Au début, je crus que la tenue qu'elle avait trouvée était trop grande pour moi, mais je me rendis compte ensuite que le haut, la jupe et le cardigan étaient tous larges et amples à dessein. Je ressemblais à la grand-mère de la mariée gothique. *Formidable.*

Ne voyant pas comment ouvrir le panneau, je toquai contre et Connie l'écarta pour moi.

Elle avança la bouche et hocha un peu la tête, puis indiqua une table.

— Voilà quelques accessoires, dit-elle en indiquant une montagne de colliers, bracelets et bijoux en toc.

Je déglutis.

— Tout ça?

— Oui, j'espère que ce sera suffisant, répliqua-t-elle, le visage neutre.

— Je croyais que l'intérêt de l'opération, c'était que je sois... vous voyez... incognito.

Je ramassai une bague trop grande et la glissai à l'un de mes doigts.

— Et pour ça, tu vas agir clandestinement.

Elle s'assit sur le fauteuil le plus proche. Elle ne fit pas le moindre bruit en marchant ni en s'installant. Même si elle ne convoitait pas mon sang, Connie Commerce restait une superprédatrice.

Tout à coup, il me parut fondamental de la pousser à parler. Comme ça, au moins, je saurais tout le temps où elle se trouvait.

— Et ce sera quoi, ma couverture ? Shéhérazade ?

— Une médium dans la rue, plutôt.

Je levai la tête.

— Quoi ?

— Tu installeras une table au centre-ville avec une boule de cristal et d'autres accessoires et tu observeras ton environnement. Ou plutôt, Grosmatou observera à travers toi.

— Vous vous rendez compte que ça va être extrêmement gênant pour moi, n'est-ce pas ?

— Ooooh, tu as encore de la dignité. *C'est mignon.*

Quelque chose me disait qu'elle pensait le contraire, mais passons.

J'enfilai un bandeau doré et le laissai sur mon front, ainsi que des colliers de longueurs différentes. J'ajoutai quelques bracelets à l'ensemble, jusqu'à la moitié de mon avant-bras de chaque côté, et pivotai pour dévoiler mon nouveau look.

— Ta-dam !

Connie grimaça.

— C'était quoi, ça ? Évite, à l'avenir.

Je soupirai.

— Je peux aller retrouver le chat autoritaire, plutôt ?

Je n'en revenais pas d'attendre ce dernier avec impatience.

— Une dernière chose, dit Connie qui claqua des doigts.

— Est-ce que j'ai envie de savoir ce que vous venez de faire ? demandai-je, hésitante.

— Non. Maintenant, va-t'en !

Elle me poussa vers la porte avant que je puisse ajouter quoi que ce soit et la claqua derrière moi. À moi de retrouver Grosmatou toute seule, visiblement.

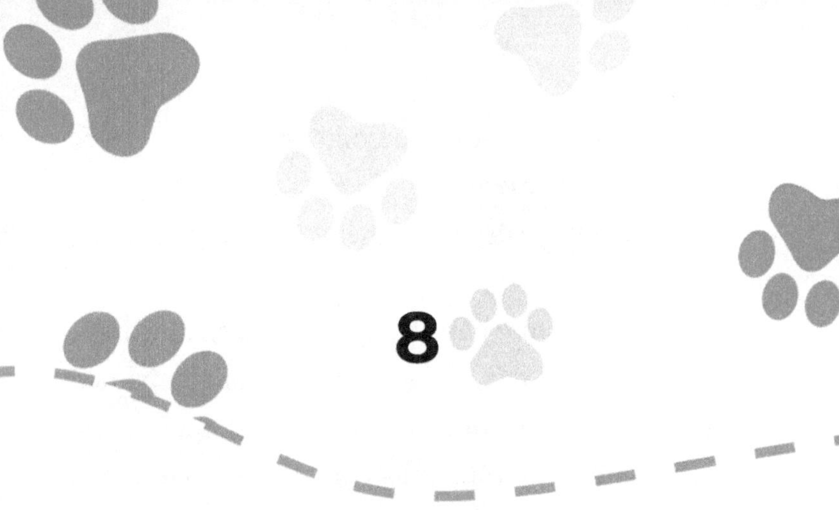

8

—Vous en avez mis, du temps, se plaignit-il à la seconde où j'apparus dans mon nouvel accoutrement. On y va.

Alors que je m'attendais à rejoindre notre future destination par les airs, Grosmatou me conduisit vers le parking, où un vieux pick-up usé tournait au ralenti dans la place libre la plus proche.

Parker m'adressa un signe de la main depuis le siège conducteur. Il venait de couper ses cheveux poivre et sel, et cette coiffure mettait plus que jamais en valeur ses magnifiques yeux gris. Je souris malgré moi.

— Vous êtes tellement peu discrets, vous, les humains, se plaignit Grosmatou juste avant que je ne monte à l'avant. Vos phéromones sentent plus mauvais que ma litière.

Parker, qui avait visiblement tout entendu, rit derrière sa main.

J'étais pour ma part figée sur place, mortifiée. Pour la centième fois de la journée, je me demandai pourquoi je me soumettais à une situation aussi embarrassante. Ce n'était pas pour Parker, puisque je pouvais le voir tous les jours, maintenant que nous étions voisins. Alors pourquoi laissais-je ce petit chat me donner des ordres?

Pas perturbé par mon changement d'humeur, Grosmatou bondit dans le véhicule et s'installa contre Parker en agitant la queue comme un humain taperait du pied pour montrer son impatience.

— Monte, me lança Parker, enjôleur. Je ne mords pas.

Il me décocha un sourire aguicheur. Génial. Ils étaient de mèche pour que je me sente pitoyable.

Je poussai un soupir et m'installai dans le pick-up en veillant à ne regarder aucun de mes deux compagnons.

— Pourquoi on n'y va pas en volant? demandai-je tandis que Parker sortait en marche arrière de sa place de parking.

— On ne peut pas vraiment débarquer au milieu

de la ville sans attirer l'attention des normaux, m'expliqua-t-il en s'éloignant du bâtiment.

— Oui, c'est logique, approuvai-je.

Grosmatou posa la patte sur ma jambe et attendit que je le regarde.

— Puisque vos livres vous ont appris tant de choses sur les vampires, vous en savez beaucoup sur les médiums, aussi ?

Impossible de dire s'il était volontairement sarcastique ou non. J'ignorais aussi comment répondre à cette question. Après tout, je n'allais pas communiquer avec les proches décédés des gens ni rien de la sorte. D'après ce que je savais, je devais juste faire semblant le temps que nous ayons une piste. J'étais surtout un pion. Un pion habillé étrangement avec de sacrés antécédents, mais un pion quand même.

— Des vampires ? Je présume que Connie t'a aidée avec ce petit relooking. Ça te va bien, d'ailleurs, Tawny.

Mon cœur palpita dans ma poitrine. Même si j'appréciais son attention, j'aurais aussi souhaité ne jamais l'avoir rencontré. Dans ce cas-là, ma mémoire aurait toujours été effacée et j'aurais pu éviter toutes ces histoires de magie. Ou je n'aurais peut-être même jamais été mêlée à l'agence d'intérim paranormale.

Après tout, c'était lui qui m'avait entraînée là-dedans contre ma volonté.

Grosmatou toussa et crachota.

— Je me suis étouffé sur une boule de poils. Encore ces phéromones.

Parker prit tout de suite ma défense.

— Sois gentil avec elle. C'est tout nouveau, pour elle.

— La PTA en aurait fini avec elle, si tu ne t'en étais pas mêlé, rétorqua sèchement le chat. Depuis quand tu te soucies des sentiments de nos intérimaires ? Tu t'adoucis avec l'âge ?

Parker secoua la tête et je quittai la route des yeux. Surprenant mon regard, il m'adressa un sourire rassurant.

— Ne l'écoute pas. Cette mission devrait être bien plus facile que la précédente. Tu dois juste rester là-bas, prédire quelques avenirs, et surveiller d'éventuels ennuis.

Je me tordis les mains.

— Il y en a deux qui sont faciles. Le problème, c'est que je ne sais pas comment prédire l'avenir.

— Tu ne seras pas bien différente de 99,99 % des autres médiums, alors. Tu crois que les vrais magicks perdent leur temps avec les normaux ?

— Oh, waouh. Merci, marmonnai-je en reportant mon attention sur la vitre.

— Je ne voulais pas dire ça. Tu es différente, toi.

— Les phéromones, miaula le chat, agité.

— Oh, arrête, Grosmatou, grinça Parker. Tu t'attends à ce qu'on ne parle pas du tout ?

— Si vous pouviez vous abstenir en ma présence...

Je me tournai vers le petit chat qui se tenait la tête bien droite et la mine stoïque.

— Alors, la prochaine fois, appelle quelqu'un d'autre pour conduire la voiture, rétorqua Parker.

— Tu sais que je m'en chargerais moi-même, si je le pouvais.

— Oui, mais ce n'est pas le cas, à cause de tes pattes pataudes.

Il y avait quelque chose à creuser, et n'importe quel autre jour, j'aurais pris le temps de le faire. Mais aujourd'hui, je voulais juste apprendre comment accomplir ma mission afin de la conclure de manière satisfaisante pour ce chat exigeant. Ensuite, j'espérais reprendre ma vie ennuyeuse et prévisible de femme normale. Rien à cirer que la PTA méprise ma vie simple et moi. Je l'aimais telle qu'elle était... avant qu'ils ne décident d'y mettre le bazar.

— Tawny, reprit gentiment Parker, tout ira bien. Tiens-t'en à des trucs basiques et vois comment le client te répond. Repère des indices grâce à sa tenue, sa façon de parler, tout ce que tu peux. Crois-moi, ça suffira.

— On dirait que tu as déjà fait ça avant, remarquai-je, incapable de retenir mon sourire.

Je devais vraiment arrêter de l'admirer comme ça. Pour ma santé mentale et mon bien-être futur.

Il éclata de rire et haussa les épaules.

— Une fois ou deux, peut-être, pour m'amuser.

— Vous, les normaux, vous êtes tellement faciles à impressionner, commenta le chat avec une pointe de dérision.

— Et vous, les magicks, vous compliquez toujours inutilement les choses, rétorquai-je. Je n'avais pas besoin de me déguiser comme ça pour effectuer une simple mission de surveillance.

— En réalité, si, déclara Parker à ma grande surprise.

— Comment ça?

— Tu verras, répondit-il avec un sourire que je pris comme un avertissement.

9

Le centre-ville de Beech Grove, dans l'État de Georgie, était à un jet de pierre de ma maisonnette... Du moins, il l'aurait été si j'avais évité le grand détour par le QG de la *Paranormal Temp Agency*. Ce quartier commercial au charme désuet était une des raisons principales qui m'avaient poussée à choisir cette ville. Les vitrines démodées étaient à la fois étranges et charmantes. Bien qu'elle soit une très petite bourgade, Beech Grove attirait un grand nombre de retraités grâce à son temps parfait quasiment toute l'année.

Maintenant que j'avais appris l'existence de tout un monde paranormal, je soupçonnais la magie de jouer un rôle là-dedans. Il fallait que je me souvienne de poser la question plus tard, à condition que Grosmatou ne tente pas à nouveau d'effacer mes souvenirs après la mission d'espionnage.

Parker attrapa un sac sur la banquette arrière du pick-up et me le tendit, puis il sortit une table pliante et quelques chaises et ferma le hayon.

Grosmatou trottina à nos côtés sans rien porter.

Au bout d'un pâté de maisons, nous nous arrê-tâmes devant un poissonnier qui s'appelait BAR À VOUS. Parker y installa la table.

— On ne pourrait pas choisir un autre coin? Cet endroit…

J'agitai la main devant mon visage, sans parvenir à atténuer l'odeur.

— Sent un peu le poisson.

— Nos agents de terrain adorent venir dans cette ruelle pendant leur pause et déguster les restes que le commerçant leur laisse volontairement. C'est un bon emplacement pour observer les environs et vous familiariser avec l'équipe, m'expliqua le chat après s'être assuré que personne ne puisse nous entendre.

Parker m'indiqua de lui donner le sac. Je m'exécu-tai. Il le posa sur la table et sortit des accessoires.

— C'est quoi, tout ça? m'étonnai-je en observant l'assortiment coloré de cartes, boules de cristal et tout le tintouin.

Je fis un bond en arrière quand il attrapa un crâne

humain à l'intérieur du sac. Il le poussa vers moi et rit.

— C'est juste la tête d'Odette. N'aie pas peur de la tête d'Odette.

— Elle est vivante?

Je fus parcourue d'un frisson. J'avais beau savoir qu'un crâne séparé du reste du squelette ne pouvait rien me faire, j'angoissais quand même.

— Autrefois. Maintenant, elle nous sert juste de moyen de communication. Vas-y, insista-t-il en poussant la tête d'Odette vers moi. Dis bonjour.

— Euh, salut, balbutiai-je en agitant les doigts.

La mâchoire du squelette s'ouvrit et se referma comme pour répondre, mais ce fut la voix de monsieur Grosmatou que j'entendis.

— Arrêtez de vous amuser et mettez-vous au travail.

— Waouh, commentai-je bêtement.

Malgré toute la magie dont j'avais été témoin ces derniers jours, la tête d'Odette continuait à m'épater.

— Maintenant, nous allons pouvoir communiquer facilement, vous et moi. Les normaux penseront que c'est un gag, m'expliqua Grosmatou via Odette.

Parker posa le crâne sur la table.

— Si tu veux appeler le patron, tape deux fois sur la tête d'Odette, puis dis ce que tu as à dire.

Je serrai les bras autour de moi.

— Je présume qu'un téléphone aurait été trop flagrant ?

— Beurk, quel ennui, grogna Grosmatou en sautant sur la table à côté du communicateur macabre. En plus, nous avons développé la technologie d'Odette des siècles avant que ce Bell ne se pointe et n'apporte un avant-goût de notre génialitude à la population générale.

— Hum hum. Et ça, ça sert à quoi ? demandai-je en montrant du doigt la boule en verre que Parker venait de sortir et qu'il installait avec soin sur un support doré devant l'une des deux chaises.

— C'est ta balise de détresse, m'expliqua-t-il. En cas de problème, elle clignotera de la couleur correspondant à l'avertissement que l'on veut te donner.

Cette fois-ci, je ne me retins pas et je levai les yeux au ciel. Ça me paraissait bien trop compliqué sous prétexte d'ajouter une pointe de style.

— Encore une fois... Vous savez que les portables existent, hein ?

— Arrêtez de tout commenter et écoutez, s'agaça Grosmatou.

— Il a raison, approuva Parker. Il peut afficher trois couleurs : rouge, jaune et vert.

Monsieur Grosmatou prit la suite des explications.

— Jaune signifie qu'un danger potentiel approche et vert...

— Que tout va bien ? supposai-je.

Grosmatou se hérissa et feula.

— Par les cieux, non ! Vert signifie l'alerte maximale. Le danger est imminent. Arrêtez de m'interrompre.

— Euh, ça ne devrait pas être rouge ? Vous voyez, comme dans « alerte rouge ! » ?

Ce système était absurde, et ça m'énerverait beaucoup de me faire tuer à cause de son absurdité.

— Rouge indique que le problème a été réglé et que tu peux continuer normalement, intervint Parker en posant la main sur le globe, qu'il tapota des doigts.

— Oh, ça a une certaine logique, concédai-je, même si ça allait exiger que je reprogramme tout mon système de couleurs après des années à respecter les feux de signalisation... enfin, en général.

Parker sourit.

— Oui !

— C'est aussi perturbant, ajoutai-je.

Il sourit de plus belle.

— Oui !

Génial. Si on était sur la même longueur d'onde, alors…

— Si vous preniez les choses au premier degré, cela nous faciliterait la vie, commenta le crâne flippant.

J'avais beau savoir que c'était monsieur Grosmatou qui me parlait à travers lui, je ne pus m'empêcher de me tourner vers la tête d'Odette pour lui transmettre ma réponse.

— Ça irait totalement à l'encontre du principe du monde paranormal caché, non ?

Grosmatou feula.

Parker baissa la tête et s'esclaffa.

Et moi, je restai immobile, perplexe. Cette mission ne serait peut-être pas plus facile que la précédente, en fin de compte.

10

— Elle est pour qui, la deuxième chaise? demandai-je après avoir pris une grande inspiration et m'être installée sur la mienne.

Parker et Grosmatou échangèrent des regards étranges.

— Allez, dis-lui, lança Parker, debout près de moi, sur un ton insistant. Tu le lui caches depuis suffisamment longtemps. Elle va bientôt le découvrir.

Le chat grogna, puis s'assit sur la table devant moi. Il donna un coup de tête sur le côté, écarquilla les yeux, puis reporta son attention sur Parker.

Je regardai dans la direction qu'il indiquait et remarquai le couple de personnes âgées qui s'approchait lentement de nous, main dans la main.

— Exact. J'imagine que la révélation me revient.

Parker se racla la gorge.

— Pour la faire courte, la PTA a une nouvelle stagiaire et elle va t'assister sur cette mission.

— Oh, cool. Ce sera moins ennuyeux de rester assise seule ici toute la journée.

Je m'adossai à ma chaise, étirai les jambes loin devant, et me redressai tout à coup, saisie d'une pensée.

— Attends... Je croyais que vous n'embauchiez aucun employé permanent en dehors du conseil. C'est quoi le truc avec cette stagiaire?

Il mit la main dans sa poche et se racla une nouvelle fois la gorge.

— Normalement, euh... non. Mais elle aimerait devenir l'agente de liaison avec les forces de l'ordre, et on préférerait la mettre à l'épreuve d'abord avant de prendre une décision aussi importante.

J'aurais pu être rassurée par ces paroles si elles ne s'accompagnaient pas d'une attitude aussi étrange. Ils me cachaient volontairement quelque chose, et je n'aimais pas ça du tout.

Je hochai lentement la tête.

— Ça me paraît judicieux. Mais dans ce cas, pourquoi vous avez besoin de moi? Ce doit être une personne assez qualifiée pour se débrouiller seule. Je me trompe?

Parker jeta un coup d'œil vers le vieux couple et sourit. Ils étaient encore un peu loin. Il reprit la parole en regardant par-dessus ma tête.

— On a besoin que quelqu'un la surveille de près, et puisque vous vous connaissez déjà…

— Quoi? Je ne connais presque personne, ici! me récriai-je.

Au même moment, je fus saisie d'un mauvais pressentiment. Parker, pour sa part, parut tout à coup très intéressé par le trottoir. Ses lèvres remuèrent, il marmonna quelque chose, mais je ne distinguai pas ses paroles.

Je me levai de ma chaise et me plaçai juste à côté de lui.

— Qu'est-ce que tu as dit?

Il croisa mon regard un instant.

— Hum, c'est… euh… Melony Haberdash.

— Quoi? m'énervai-je. Mais elle a essayé de me tuer!

— Elle n'a pas réussi, précisa-t-il, un sourire hésitant aux lèvres, en haussant très lentement les épaules.

— Et ça lui octroie toutes les qualifications pour bosser avec vous maintenant, les gars?

Comme il ne répondit pas, je levai les bras au ciel.

— Si elle vient, moi je m'en vais.

Ma maison n'était pas loin. Je pouvais m'y rendre en courant et barricader la porte. Ou me cacher ailleurs. Ou appeler un chauffeur et quitter la ville en laissant mes affaires derrière moi. Aucune de ces options n'était géniale, mais cela restait préférable à mon trépas entre les mains d'une adolescente hargneuse.

Malheureusement, avant que je ne puisse m'éloigner en trombe, la tête d'Odette s'exprima.

— Garde tes amis près de toi et tes ennemis encore plus près, lança Grosmatou de sa voix sibylline.

— C'est très juste, approuva Parker, qui reprenait du poil de la bête maintenant qu'il avait le soutien de son patron. Que ça te plaise ou non, Melony est liée à cette ville à cause de ses ancêtres. Elle ne peut pas être la sorcière communale, pour des raisons évidentes, puisque j'occupe ce poste à présent et qu'il n'est pas dans mes projets de me faire assassiner bientôt. C'est malgré tout une jeune magick puissante. On doit lui donner l'occasion de se racheter.

— Non, vous ne lui devez rien, répliquai-je froidement.

Je n'en revenais pas qu'il croie à cette logique

tordue. Melony et son grand-père avaient tenté de le tuer, lui aussi. De *tous* nous tuer, d'ailleurs ! Et c'était bien beau de renoncer à ses rancunes, et j'étais partante pour ça – ex-maris infidèles et déloyaux mis à part –, mais cette histoire ne remontait qu'à quelques jours !

Je fulminais en essayant de déterminer quoi faire. J'avais quelques doutes quant à ma capacité à fuir ou me cacher de l'agence. Ils finiraient par me retrouver et me forcer à accomplir ma mission.

Tandis que je soupesais mes options, le vieux couple nous dépassa et entra dans BAR À VOUS. L'odeur écœurante du poisson tout juste pêché me retourna une nouvelle fois l'estomac.

— Réfléchis, dit gentiment Parker. Elle nous sera très utile si son grand-père continue à nous causer des problèmes. Et c'est le moyen le plus rapide d'occuper ce poste vacant. Sinon, ça pourrait prendre des années. Ce genre de choses demandent beaucoup de temps, et dans l'intervalle, notre position dans la région est fragilisée.

Ils avaient beau me demander d'y réfléchir, ce qu'ils voulaient en réalité, c'était que j'accepte leur logique et leurs volontés. Ça ne me convenait pas.

— Je ne...

Je m'interrompis en voyant Greta, l'ange qui

servait d'agent de liaison avec les écoles et qui m'avait sauvé la vie la dernière fois, sortir de chez le poissonnier. Je courus l'enlacer, me sentant toujours aussi reconnaissante pour tout ce qu'elle avait fait. Et tant pis si l'odeur du poisson quelconque vendu ce jour-là était renforcée quand je me rapprochai.

Mais au lieu de retourner mon affection, Greta tressaillit. À ce moment-là, je remarquai la deuxième personne dans l'embrasure.

Melony.

11

Melony me repéra à peu près au même instant que moi. Elle plissa les yeux et leva la main, comme pour me jeter un sort... encore.

— Vous vous fichez de moi ! C'est elle, ma babysitter ? s'exclama-t-elle avec mépris en s'adressant aux autres, sans me quitter des yeux.

Au moins, notre ressentiment était réciproque.

— Cette idée ne me plaît pas non plus, annonçai-je, les bras croisés, en détournant le regard.

J'espérais ne pas avoir perdu à ce jeu d'alpha en brisant le contact visuel la première.

— Et je me fiche de votre opinion à toutes les deux, intervint Grosmatou via la tête d'Odette. Vous

vous comporterez bien toutes les deux, sinon, vous serez congédiées.

Je souris à cause de cette petite faille dans le contrat.

— Oh, donc si je lui donne un coup de poing tout de suite, vous arrêterez de m'imposer ces missions d'intérim arbitraires ?

— Ne fais pas ça, dit Parker en me prenant la main. On a besoin de toi, Tawny, et tu peux y arriver. Je sais que tu en es capable.

Le rouge me monta aux joues, mais je ne libérai pas ma main.

Melony battit des cils et s'approcha de Parker.

— Et moi, alors ?

Il lui lança un regard perplexe, et je compris alors qu'il ne l'appréciait pas ou n'avait pas confiance en elle, lui non plus.

Maintenant qu'elle avait toute son attention, Melony me décocha un clin d'œil et me tira la langue. Argh. Les gamines de dix-huit ans, je vous jure.

Grosmatou sauta dans les bras de Parker, et nous nous écartâmes toutes les deux de lui.

— Nous devrions partir, Barnes. Il faudrait qu'elles s'y mettent.

— D'accord, acquiesça Parker, qui se tourna vers moi un instant. Tawny, souviens-toi que les outils sont là pour toi. Si tu as besoin de quoi que ce soit, n'hésite pas à les utiliser. Je passerai plus tard pour voir comment ça se passe.

— Exact. Le crâne qui parle et la boule colorée. Compris.

Je levai les pouces et lui adressai un sourire forcé.

Il me sourit à son tour et s'en alla, avec le patron félin. Je les suivis des yeux jusqu'à ce qu'ils montent dans le pick-up.

— J'imagine qu'il n'y a plus que nous, murmurai-je à ma nouvelle compagne alors que le moteur de l'engin s'allumait et que les gars s'en allaient.

Nous étions toutes les deux debout sur le trottoir devant la poissonnerie, à quelques mètres de notre table. Il ne devait pas être plus de neuf heures du matin, et même s'il y avait un peu plus de passants à présent, l'heure semblait encore trop matinale pour les clients du marché.

Cela nous conférait une intimité gênante.

J'observai Melony du coin de l'œil. Aujourd'hui, elle portait les mêmes rangers usées que lors de notre dernière rencontre, alias le jour où son grand-père et elle m'avaient ligotée et retenue prisonnière dans l'intention de me tuer. Elle avait également une longue robe fluide bleu marine, avec de petites roses noires qui parsemaient le tissu vaporeux. Elle avait ajouté un châle noir autour de ses épaules, mais ne portait aucun bijou, contrairement à moi.

— Ne me parle pas.

Melony recula l'une des chaises pliantes et se laissa tomber lourdement dessus.

Je regardai ses yeux, cerclés d'un lourd trait de kohl noir. Elle s'était également mis du rouge à lèvres bleu foncé, sans doute dans l'intention d'être assortie à sa robe, mais elle ressemblait surtout à un cadavre, avec ça.

— Oui, je comprends, répliquai-je, étant donné que la dernière fois que nous nous sommes parlé, je me suis montrée plus rusée que toi et j'ai déjoué tes plans diaboliques. J'imagine que papi n'était pas très content, hein ?

— La ferme.

Elle tapa du pied sur le sol, comme un enfant à deux doigts de faire un caprice.

Je n'aurais sûrement pas dû la provoquer, mais j'étais toujours énervée par sa tentative de meurtre quelques jours auparavant.

— Pourquoi est-ce que tu veux travailler pour monsieur Grosmatou, d'ailleurs ? Parce que tu n'as pas réussi à récupérer de la magie de force, donc c'est ton plan de secours ?

— Je n'ai rien à te dire, fulmina-t-elle.

Elle n'avait pas la même attitude avec les autres. Me détestait-elle davantage à cause de mon statut de normale? Je n'arrivais pas à déterminer s'il s'agissait d'un préjugé inédit pour moi ou si elle me détestait pour des raisons personnelles. Aucune des deux options n'était géniale, puisque j'étais coincée avec elle pour la journée.

— Tu sais, ton refus de répondre ne m'aide pas à te faire davantage confiance, constatai-je en haussant les épaules, comme si cela ne m'importait pas, alors que c'était tout le contraire.

Elle leva les yeux au ciel et sortit son portable de sa poche.

— Je n'ai pas besoin de ta confiance. Je veux juste que tu arrêtes de parler et que te concentres sur cette mission, histoire qu'on la finisse et qu'on n'ait plus jamais à se revoir.

— Qu'est-il arrivé à ton papi, au fait?

Je regrettais d'avoir été trop peu réveillée ce matin-là pour penser à prendre mon portable. Ça m'aurait permis de me concentrer sur autre chose que notre animosité mutuelle.

Melony poussa un gros soupir.

— Je ne sais pas.

— Et donc, tu as trop peur de continuer seule?

Je haussai un sourcil interrogateur qu'elle ne

remarqua pas, puisqu'elle ne quitta pas son écran des yeux.

— Tu préfères changer de camp plutôt que de te retrouver sans chef pour te dire quoi faire ?

— Je ne te dois aucune explication, répéta-t-elle, avant d'enfoncer des écouteurs dans ses oreilles.

Je soupirai.

— La journée va être longue.

Elle me jeta un bref coup d'œil et retira un écouteur.

— Elle se finira plus vite si...

— Je me tais. J'ai saisi.

Oui, j'allais déménager de Beech Grove le plus tôt possible pour éviter d'autres petites sauteries de voisinage de la sorte. Il me suffisait de survivre à aujourd'-hui, puis je pouvais faire mes bagages.

Et, avec un peu de chance, oublier l'existence de la magie.

12

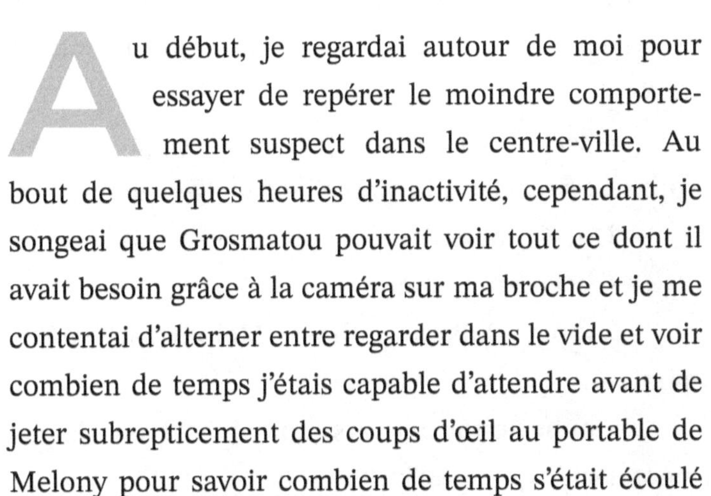

Au début, je regardai autour de moi pour essayer de repérer le moindre comportement suspect dans le centre-ville. Au bout de quelques heures d'inactivité, cependant, je songeai que Grosmatou pouvait voir tout ce dont il avait besoin grâce à la caméra sur ma broche et je me contentai d'alterner entre regarder dans le vide et voir combien de temps j'étais capable d'attendre avant de jeter subrepticement des coups d'œil au portable de Melony pour savoir combien de temps s'était écoulé depuis la dernière fois que j'avais vérifié.

Aux environs de onze heures, des clients se dirigèrent enfin vers le poissonnier afin de trouver de bonne heure de quoi déjeuner. Et quinze minutes plus tard, nous eûmes le premier usager de nos services.

— Combien pour que vous me lisiez mon avenir ? demanda un homme vêtu d'un pantalon cargo défraî-chi, d'une chemise verte à motifs militaires et d'un tee-shirt de sport.

— Oh, bonjour !

Je donnai un coup de coude à Melony pour attirer son attention.

— Qu'est-ce que je t'ai dit à propos de...

Elle remarqua que nous avions de la compagnie et ses lèvres s'étirèrent alors en un énorme sourire faux.

— Vous êtes ici pour apercevoir ce que l'avenir vous réserve grâce à la Merveilleuse Miss Melony ?

— Oui. Combien ? répéta-t-il en agitant la tête.

— C'est gratuit, annonçai-je.

— Vingt dollars, affirma Melony au même moment.

L'homme se tourna vers moi, après avoir visible-ment décidé qu'il préférait mes tarifs.

— Ne l'écoutez pas. Ce n'est qu'une assistante. C'est moi qui possède les pouvoirs psychiques les plus affûtés ici, protesta Melony.

Elle attrapa le jeu de cartes et les mélangea.

— Vous savez quoi ? On va faire un compromis.

Dix dollars seulement, et croyez-moi, c'est une sacrée affaire.

Il hocha la tête et sortit l'argent de son portefeuille pour la payer.

Elle saisit le billet et le fourra dans l'étui de son portable.

— Maintenant, choisissez-en-une, l'encouragea-t-elle après avoir cessé de mélanger pour étaler les cartes sur la table devant lui.

Notre client obéit et en indiqua une au milieu de la pile.

Ma compagne médium opina, la ramassa et la cacha à nos regards.

— Bien, comment vous appelez-vous ?

— Tom, répondit-il avec un sourire qui révéla une dent tordue. Ravi de vous rencontrer. Je me disais que vous pourriez peut-être me dire si ma femme…

Melony retourna la carte sur la table, le coupant dans son élan.

— *La mort*. Je crois que ça veut tout dire. Bonne journée. Il ne vous en reste plus beaucoup à vivre.

— Melony ! m'écriai-je en lui jetant les cartes.

Plusieurs volèrent loin de la table.

Le client, morose, s'était déjà éloigné, les épaules basses, les pieds traînants. Pauvre homme.

— Tom, attendez ! le rappelai-je en me levant. Ne

l'écoutez pas. C'était juste un petit numéro avant votre véritable prédiction. Venez, laissez-moi regarder dans ma boule de cristal.

Son visage tourmenté me brisa le cœur lorsqu'il pivota sur ses talons pour revenir vers notre table.

Je rapprochai la boule de cristal de moi. Elle était transparente et banale. Melony avait reporté son attention sur son portable, me laissant améliorer seule l'humeur de notre client.

Tiens-t'en à des trucs basiques et observe ta cible pour repérer des indices sur ce qu'ils pourraient vouloir entendre. C'était plus ou moins le conseil que m'avait donné Parker, alors, j'allais m'y fier.

Avant que Melony ne l'interrompe avec sa prédiction cruelle, Tom avait commencé à poser des questions concernant sa femme. Je remarquai le simple anneau en or à son annulaire gauche. Il était un peu débraillé. Il exerçait d'après moi un boulot manuel sous-payé. Et comme il s'était approché de nous pour que nous lui lisions l'avenir, c'était qu'il était en quête de réponses.

J'agitai les deux mains au-dessus de la boule de cristal en gardant mon sérieux.

— Oui, oui. Tout est clair, maintenant, Tom.

— C'est vrai? Vous voyez quoi? s'exclama-t-il, un petit sourire au coin des lèvres.

Je fis appel à l'auteure de romans qui sommeillait en moi.

— Malgré quelques épreuves récentes, votre femme vous aime toujours beaucoup. Pour votre prochain anniversaire de mariage, évitez les cadeaux classiques et offrez-lui une escapade romantique. Passer du temps tous les deux loin de l'agitation de la vie quotidienne renforcera votre mariage comme jamais et vous fera du bien à tous les deux.

Son sourire disparut.

— Mais et la carte de mort que votre amie a sortie, alors ?

Argh. J'évitai de grimacer à ce terme « d'amie », puisque nous étions tout le contraire. Je m'y connaissais très peu en tarot, mais j'étais plutôt douée pour baratiner afin de me sortir des ennuis, alors je décidai de tenter le coup plutôt que de lui rappeler que Melony cherchait juste à s'amuser avec sa fausse prédiction.

Non pas que la mienne soit plus authentique, mais quand même...

— La carte *Mort*, oui.

Je posai les doigts sur mes tempes et les frottai, comme si j'étais plongée dans une profonde réflexion.

— C'est une carte très puissante, mais elle ne prédit pas littéralement la mort. Plutôt la fin d'une époque. Vos ennuis seront bientôt terminés. Continuez comme ça, et vous verrez très vite.

Aussi impossible que ça puisse paraître, il eut l'air encore plus triste que quand Melony lui avait annoncé qu'il mourrait prochainement.

— Je vais perdre mon boulot, c'est ça ? C'est ce que je craignais.

— Non, non, non ! m'écriai-je. Il s'agit d'un changement positif. Pas négatif.

— Mais vous avez dit…

— Vous prenez les choses trop au pied de la lettre, balbutiai-je. Rentrez chez vous et réfléchissez à ce que j'ai dit. Ça deviendra bientôt plus clair.

— D'accord, merci. Enfin, je crois.

Il baissa la tête et s'éloigna d'un pas traînant.

Je le regardai s'en aller en me demandant comment j'aurais pu agir autrement. J'espérais que nous ne lui avions pas trop gâché la journée.

À ce moment-là, un éclair noir flou attira mon attention.

Il se déplaçait rapidement et venait droit sur nous…

13

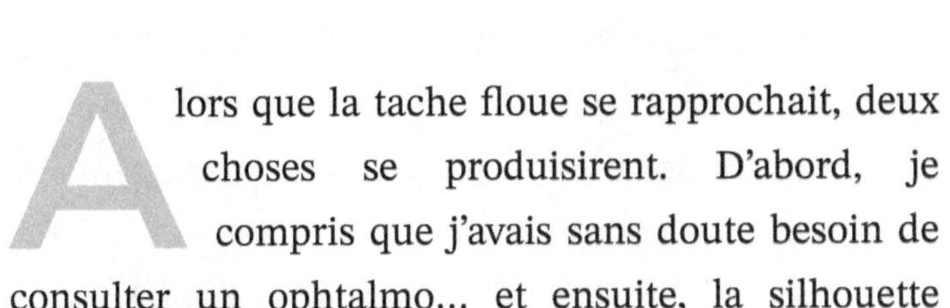

lors que la tache floue se rapprochait, deux choses se produisirent. D'abord, je compris que j'avais sans doute besoin de consulter un ophtalmo... et ensuite, la silhouette noire se précisa.

Il s'agissait d'un chat à poils longs dégingandé, gris foncé avec quelques rayures noires. Il tourna à toute allure dans la ruelle d'à côté, et je me levai immédiatement pour le suivre.

Si Melony remarqua mon départ soudain, rien ne l'indiquait. Et elle ne fit pas mine de me suivre. C'était mieux ainsi.

— Hé, toi ! m'écriai-je en entrant dans la ruelle.

Le Maine coon hirsute était, comme je m'y attendais, près de la poubelle et s'apprêtait à plonger dedans. Quand il me remarqua, il se redressa et attendit.

— Est-ce qu'on peut parler ?

Il agita la queue sans un mot.

— Tu es un agent de terrain, n'est-ce pas ?

Il remua les moustaches, puis miaula d'une voix rauque.

Hmm. Il me fallait une approche différente. Je détachai la broche que m'avait remise monsieur Grosmatou et la présentai au chat.

— Je travaille pour la PTA, moi aussi. Regarde, c'est monsieur Grosmatou qui m'a donné ça. Je suis là pour essayer de comprendre pourquoi des agents de terrain disparaissent.

Il me fixa d'un regard froid, toujours déterminé à ne pas me parler.

J'étais sur le point de lâcher l'affaire quand un second chat bondit hors de la poubelle et atterrit sur le bord avec des gestes empotés. Le chat tricolore potelé mit un peu de temps à se stabiliser, puis elle me regarda.

— Pourquoi est-ce que le patron t'envoie ? demanda-t-elle d'une voix suraiguë qui m'agressa les oreilles.

— Arrête, Mungo, feula le silencieux Maine coon.

Elle était sur le point de partir et de nous laisser à nos victuailles.

— Hé, je viens en paix.

Je levai les deux mains et m'approchai lentement.

— Je veux juste découvrir ce qu'il se passe ici afin que les agents arrêtent de disparaître. Et comme ça, je pourrai rentrer chez moi et retrouver ma vie.

Le poil de Mungo se hérissa.

— Attends, Lester. Et ceux qui ont déjà disparu? Elle ne veut pas les retrouver?

Sa voix me transperça le crâne, me filant une migraine instantanée.

Il me fallut un moment pour reprendre mes esprits.

— Si, si, bien sûr. J'ai aussi envie de faire ça.

— Alors, pourquoi tu ne l'as pas dit? demanda le Maine coon argenté en levant le nez en l'air.

— J'imagine que j'ai été découragée parce que tu ne voulais pas me parler... Tu veux que je te dise? Ça n'a pas d'importance. Je veux la même chose que vous. Vous n'avez pas envie d'être en sécurité quand vous bossez?

— La sécurité d'un agent de terrain n'est pas garantie. On le savait quand on a signé, rétorqua Lester, impassible.

Mungo dressa les oreilles et avança lentement sur

le bord de la poubelle pour se rapprocher de son compagnon.

— Mais, Les, et la fois où...

— Ça suffit! miaula-t-il sur le ton de l'avertissement.

— Tu te souviens? Tu patrouillais avec Percy quand il s'est fait enlever et... Aaaaah!

Un énorme cri remplaça ses mots quand Lester lui donna un coup de patte, qui la renvoya dans la poubelle.

Comme par hasard, j'étais sur le point d'abandonner ces deux-là au moment où ils me révélaient que cette petite conversation de fond de ruelle n'était pas une perte de temps, en fin de compte. Lester ne voulait pas me parler, c'était assez évident, mais si j'insistais, l'autre chat me répondrait à sa place.

— Que disait-elle à propos de Percy? Il a été enlevé? Tu as remarqué quelque chose qui pourrait nous conduire au coupable? demandai-je en veillant à parler d'une voix calme, et non comme si je mourais d'envie de connaître la réponse afin de terminer cette mission au plus vite pour rentrer chez moi retrouver ma pauvre cabine de douche négligée.

Lester plaqua les oreilles contre son crâne.

— Cette conversation est terminée.

Au même moment, Mungo sortit de la poubelle en soufflant.

— Mais, Les, peut-être que cette humaine peut nous aider ? Je n'ai pas envie de me faire catnapper comme Percy.

— Personne ne te prendra. Tu n'intéresses personne, cracha-t-il.

— Oh, comme si une journée avec toi était une partie de plaisir !

Elle se redressa et tenta de frapper Lester, mais elle perdit l'équilibre et retomba dans la benne.

— Vraiment, je veux juste vous aider, insistai-je.

La voix de Lester devint plus grave, son ton plus menaçant.

— Alors, va-t'en et laisse les chats gérer leurs affaires !

— Mais c'est monsieur Grosmatou qui l'envoie, s'écria Mungo depuis l'intérieur de la poubelle. Il va s'énerver si on ne lui dit pas ce qu'on sait, non ?

Une fois son argument prononcé, la chatte tricolore potelée sortit de la benne d'un bond, évita le rebord et sauta sur l'asphalte à côté de moi.

Le Maine coone argenté grogna.

— Une pendule cassée a raison deux fois par jour, alors j'imagine que toi aussi, ça peut t'arriver, Mungo.

— Oui !

La chatte se tenait droite et fière, le nez en l'air, et elle sautillait sur ses pattes avant.

— Maintenant, parle-lui de Percy.

— Pas si vite.

Lester descendit de son perchoir pour nous rejoindre, une étincelle malicieuse dans le regard m'informant que j'allais devoir trimer plus dur pour obtenir une réponse directe de ces deux-là.

Le matou s'allongea sur le côté et gémit.

— Si tu veux que je te raconte ces souvenirs horribles et douloureux, ça va te coûter cher, très cher.

14

Lester se remit sur ses pattes, en leva une et sortit les griffes avec un bruit perturbant.

— Si tu nous aides, on pourra envisager de t'aider en retour.

— Mais on a déjà dit qu'on l'aiderait, signala Mungo, ce qui lui valut un nouveau grognement d'avertissement de la part de son camarade.

— Hé, ça suffit ! m'exclamai-je, au bord de la panique.

J'étais sans doute capable de les vaincre si on en arrivait là, mais je n'avais pas envie de frapper deux pauvres petits chats de gouttière, aussi malfaisants qu'ils soient.

— Comme je vous l'ai dit, je veux la même chose que vous.

— J'aimerais bien que le vieux McCaverty jette les produits qui expirent aujourd'hui histoire qu'on puisse manger, répondit Mungo en ronronnant.

Elle agita pensivement sa queue peu fournie.

— Ce n'était pas ça que j'allais demander, s'énerva Lester en montrant les canines.

— Ne sois pas insolent avec moi, Les, le prévint-elle, la queue gonflée.

Cette position lui donnait l'air d'un raton laveur à présent.

— Si tu savais ce que tu voulais, tu l'aurais déjà demandé.

Je commençais à comprendre pourquoi monsieur Grosmatou était le chat qui avait été promu hors du terrain. Malgré tous ses défauts, il était largement plus intelligent que ces deux-là.

— Vous n'êtes pas obligés de manger des restes avariés. Je peux vous acheter du poisson frais, si vous voulez, proposai-je en espérant que cela suffirait à mettre fin à la bagarre qui s'annonçait.

J'avais l'impression que ces deux-là avaient plusieurs comptes à régler.

Mungo se dégonfla, retrouvant sa taille normale, et pencha la tête pour réfléchir à mes paroles.

— Oooh, ronronna-t-elle. Tu entends ça, Lester?

Elle va nous acheter de la nourriture fraîche. On n'a rien eu d'aussi bon depuis des siècles.

— On devait faire une pause rapide, puis reprendre le travail, grogna Lester, mais lui aussi semblait tenté.

Je saisis ma chance.

— Restez ici et réfléchissez à ma proposition. Moi, je vais aller dans la boutique et acheter du poisson frais, juste au cas où. À mon retour, vous me direz ce que j'en fais.

— Marché conclu ! couina Mungo avec enthousiasme.

Lester leva les yeux au ciel, mais ne protesta pas verbalement.

— OK, attendez là, je reviens tout de suite.

Je partis en marche arrière, me cognai le talon contre un carton qui traînait et trébuchai, puis me retournai et repartis en trottinant vers notre stand de voyance.

— Donne-moi les dix dollars que tu as soutirés à Tom.

Je gratifiai Melony d'un coup d'épaule et tendis la main.

— Hé, ils sont à moi. Toi, tu ne voulais rien lui faire payer, tu t'en souviens ?

Elle se détourna, rentra la tête dans les épaules et se plongea à nouveau dans son portable.

Je tapai du pied.

— Donne-les-moi.

— Non, marmonna-t-elle.

Je n'avais pas envie de lui parler, mais lui confier un soupçon d'information valait mieux que de lui soutirer physiquement l'argent.

— Mais j'ai une piste pour notre affaire.

Elle me regarda, les yeux écarquillés.

— De quel genre?

— Il y a deux agents de terrain qui m'attendent dans la ruelle. Je pense qu'ils accepteront de me parler si je leur offre du poisson frais.

C'était suffisant. Elle n'avait pas besoin d'en savoir plus. Elle n'avait plus qu'à me passer l'argent.

Elle haussa les épaules et reporta son attention sur son téléphone.

— Alors, apporte-leur du poisson.

Nous en étions arrivées au point où même si elle n'avait pas tenté de me tuer auparavant, je ne l'aurais pas appréciée. Était-ce une attitude typique d'ado ou de méchant contrecarré? Tout à coup, je me réjouis de n'avoir jamais eu d'enfant.

Je posai la main sur son épaule.

— Je n'ai pas d'argent sur moi et je ne vais pas

voler un poissonnier alors que tu as un joli billet de dix dollars dans un coin.

— D'accord, très bien. Mais dégage, s'il te plaît.

Elle soupira, sortit le billet de l'étui de son téléphone, le roula en boule et le jeta sur ma poitrine.

Bien sûr, je peinai à le rattraper, donc Melony ricana et je me sentis rougir. Je ne cherchais pas à l'impressionner, mais je n'aimais pas pour autant qu'elle se moque de moi.

Une fois que j'eus le billet dans la main, je me précipitai vers BAR À VOUS en espérant que les chats seraient patients puisqu'un repas tout frais les attendait. Évidemment, une queue s'était déjà formée devant le vieil homme qui servait seul tous les clients.

— Allez, allez, marmonnai-je tout bas.

Avec la veine que j'avais, Mungo et Lester seraient partis le temps que je retourne dans la ruelle.

15

près avoir acheté un filet de tilapia ridiculement petit, je retournai dans la rue, prête à épater mes témoins. Euh, à condition qu'ils soient encore là.

En sortant du magasin, la première chose que je remarquai, ce fut le globe qui brillait d'un jaune lumineux rivalisant avec la clarté du soleil. La deuxième, ce fut l'absence de Melony.

En réalité, je savais où elle avait disparu. Elle était partie bousculer mes témoins et s'attribuer tout le mérite, certainement.

Eh bien, non, pas de ça avec moi, gamine.

J'accélérai l'allure et tournai dans la ruelle. Le spectacle qui m'accueillit me fit lâcher mon tout nouveau pot-de-vin.

— Melony ! m'exclamai-je en chuchotant, pour ne pas attirer l'attention sur nous. Arrête ça tout de suite !

Elle éclata de rire tandis que Mungo, Lester et un autre chat que je n'avais encore jamais vu étaient suspendus en l'air, à quelques mètres de la poubelle, incapables de bouger autre chose que leurs yeux agrandis de terreur. Elle avait usé du même sort avec Greta et moi lors de notre première rencontre, mais c'était dans une résidence privée. À l'heure actuelle, n'importe qui pouvait passer devant la ruelle et la voir utiliser sa magie.

— Laisse-les partir, répétai-je en la poussant fort dans le dos. Ils n'ont rien fait de mal.

— Alors pourquoi tu les interroges ? répliqua-t-elle, sans perdre sa concentration.

Son sort était puissant. J'hésitai un instant à me précipiter vers les chats pour les arracher à leur prison d'air. Mais j'étais prête à parier que, en plus d'avoir de la magie, Melony devait se déplacer bien plus vite que moi. Le seul moyen de parvenir à quelque chose, c'était soit de la distraire, soit d'être plus maligne qu'elle. J'avais réussi à faire les deux lors de notre précédente rencontre. Je pouvais la vaincre à nouveau, d'autant plus que c'était ma seule option pour le moment.

— Je les questionnais pour savoir ce que je pouvais apprendre concernant les agents disparus, expliquai-je sans trahir mes pensées. C'est tout. Ce ne sont pas des suspects.

— D'accord, je crois que je vais plutôt faire les choses à ma manière, merci.

Elle lâcha un petit rire grinçant et, pour la deuxième fois de la journée, je sentis que je n'avais jamais eu aussi envie de frapper quelqu'un de toute ma vie. Mais si elle se défendait, j'étais fichue. Merci beaucoup de ne pas m'avoir donné de magie pour me protéger, monsieur Grosmatou, pensai-je avec amertume.

Grosmatou ! Voilà la solution !

Je sortis en courant de la ruelle et faillis percuter la table dans ma précipitation. Je tapotai deux fois la tête d'Odette, comme Parker me l'avait appris.

— Melony est devenue folle ! criai-je à l'intention du crâne parlant.

Je lançai un sourire gêné au couple qui sortait de l'un des magasins dans la rue.

— Je répète pour ma prochaine représentation de *Hamlet*, expliquai-je en saisissant la tête d'Odette pour la rapprocher de mon visage. Être ou ne pas être, haha.

Ils secouèrent la leur et poursuivirent leur route.

— Grosmatou, grommelai-je.

Il ne répondit pas, et le jaune vif de la boule de cristal se transforma en tourbillons de vert.

Vert. Qu'est-ce que ça signifiait? C'était soit très bon, soit très mauvais. Mais lequel?

— Monsieur Grosmatou, répétai-je entre mes dents. Répondez-moi.

Il ne dit rien.

Je frappai deux fois de plus la tête d'Odette, par frustration, songeant que magie et technologie ne devraient peut-être pas se mélanger. Toute cette mission était sûrement vouée à l'échec depuis le début.

— *Qu'y a-t-il?* répondit enfin le chat via notre communicateur peu fiable.

— C'est Melony, m'empressai-je d'expliquer avant qu'il ne raccroche d'impatience. Elle a coincé trois agents et les a immobilisés avec sa magie. Je n'ai pas réussi à lui faire entendre raison. Tout le monde peut la voir. Elle va griller notre couverture. Et la vôtre, à tous.

Mon chat noir préféré lâcha une bordée de jurons félins explicites.

— *Ne jamais envoyer une normale effectuer un travail de magick,* grommela-t-il.

Je lançai un regard énervé au crâne.

— Hé, je ne suis pas responsable ! C'est la faute de Melony.

— *Mais vous ne savez clairement pas comment l'arrêter, sinon, vous l'auriez déjà fait*, rétorqua la tête d'Odette.

J'imaginais très bien Grosmatou secouer la sienne à l'autre bout de la ligne.

— Eh bien, si vous m'aviez donné ma magie…

Les mots moururent sur mes lèvres quand je remarquai le même couple curieux qu'auparavant, qui s'était retourné pour me regarder.

J'agitai le crâne à leur intention.

— Je ne vous avais pas dit que c'était un mix entre *Hamlet* et *Hocus Pocus* ? lançai-je sans conviction. Arrête ça, Thackery Binx. Tu es fou. Ahhhh !

— *J'arrive*, annonça monsieur Grosmatou.

Les mâchoires de la tête d'Odette se refermèrent dans un claquement.

J'avais envie de retourner dans la ruelle en vitesse pour attendre mon patron, mais ce couple de fouineurs continuait à me dévisager comme si j'étais folle. On dirait qu'ils n'avaient jamais vu de crâne parlant avant !

De plus en plus agitée, je récitai les soliloques que j'avais appris il y a longtemps pour mon cours facultatif de théâtre à la fac. Comme ils ne bougeaient toujours pas, je leur criai :

— Revenez le week-end prochain pour la représentation ! Ce n'était que la répétition générale, aujourd'hui.

Ils échangèrent un regard, puis me gratifièrent d'applaudissements polis. Mais ils ne s'en allaient toujours pas.

— C'est tout pour aujourd'hui. Je vais m'accorder une heure d'entracte !

Enfin – enfin ! – ils partirent. Une fois certaine qu'ils ne se retourneraient pas une deuxième fois, je me levai et me dirigeai calmement vers la ruelle, même si je mourais d'envie de m'y précipiter en courant.

Avec un peu de chance, il n'était pas trop tard pour que j'agisse.

16

l s'avéra que si, il était trop tard.

Là où il y avait autrefois Melony qui maintenait en l'air les trois poupées en forme de chats, la ruelle était désormais vide et sans vie.

— Melony? appelai-je avec hésitation, en avançant vers la poubelle sur la pointe des pieds.

Je craignais ce que j'y trouverais.

— Mungo? Lester? Quelqu'un?

Il n'y avait rien dans l'énorme benne à part des déchets classiques et d'autres qui auraient sans doute eu davantage leur place dans un bac de recyclage.

— Oh hé?

Oui, j'avais quand même envie de rentrer chez moi, mais comment le pouvais-je étant donné que tout ceci s'était produit sous ma surveillance? J'étais le personnage principal involontaire de cette histoire, mais il s'agissait bien de la mienne, et je ne supportais pas de laisser une histoire sans fin.

Quelque chose fila au-dessus de ma tête, et je me retournai juste à temps pour voir Grosmatou tomber du ciel dans une bouffée de magie rose.

— Que se passe-t-il, ici ? demanda-t-il en bondissant de son nuage.

Ce dernier s'évapora dès que le chat coupa tout contact.

— Vous n'aviez pas dit qu'il y avait une urgence ?

— Je ne sais pas où ils... ils... sont a-allés, balbutiai-je, en regardant à droite, à gauche, avant de lever les mains en signe d'impuissance.

Grosmatou me dévisagea un long moment, puis quitta la ruelle pour rejoindre la rue. Il s'immobilisa brusquement et se retourna vers moi, énervé. Apparemment, tout occupée à ma sidération, j'avais oublié de le suivre.

— Pourquoi vous ne m'avez pas dit que nous avions un code vert ? cria-t-il.

— Quoi ?

Il me rejoignit à mi-chemin de la ruelle.

— La boule. Elle est verte !

Oh, oui. J'avais oublié ça, dans ma hâte à

contacter Grosmatou et à me débarrasser du couple trop curieux.

— Vert, ça veut dire que ça va, c'est ça? demandai-je d'une voix nerveuse.

— Non, vert signifie que nous avons un gros problème sur les pattes!

— Je… Je sais.

Je me tordis les mains.

— Melony a pris trois agents de terrain et elle a disparu.

Grosmatou secoua la tête et prit une grande inspiration pour se calmer.

— Non. C'est bien pire que ça. Celui qui enlève les agents de terrain a aussi pris Melony.

Je le fixai du regard, puis secouai la tête. Je ne comprenais pas ce qu'il voulait que je fasse.

— Elle les menaçait. Elle les a figés sous sa magie et…

— Les a transformés eux et elle en proie facile, compléta le chat noir.

Ce n'était pas ce que je comptais dire, mais je présumais qu'il en savait plus que moi.

— Oh.

Ce fut tout ce qui me vint devant cette interprétation révisée des événements.

— Suivez-moi, grogna-t-il en me conduisant vers

un espace étroit à côté de la benne. Accroupissez-vous.

Je m'exécutai, avec un mouvement de recul à cause de la puanteur. Je plaquai une main sur ma bouche et parlai entre mes doigts.

— Qu'est-ce qui se passe ?

Monsieur Grosmatou enroula sa queue autour de ses pattes et baissa les oreilles.

— Je ne pensais pas que le kidnappeur agirait pendant que vous vous exhibiez.

— Attendez, je croyais qu'on était sous couverture.

Je regrettai aussitôt d'avoir libéré ma bouche pour parler.

Mon compagnon d'infortune attendit que je cesse de tousser avant de poursuivre.

— Hmm, en réalité, vous serviez de diversion pour faire gagner du temps aux véritables enquêteurs. Il ou elle a frappé pendant que vous étiez juste là et s'est enfui avec une stagiaire ainsi que plusieurs agents de terrain. Le message est clair.

J'ignorais ce qui me vexait le plus entre sa ruse ou l'échec de celle-ci, alors je décidai de me concentrer sur les faits.

— Quel message ? marmonnai-je.

Il bomba le torse, attirant mon attention sur la

tache blanche à cet endroit. Il retint son souffle quelques instants, puis il le relâcha pour répondre à ma question.

— Ils n'arrêteront pas tant qu'ils n'auront pas obtenu ce qu'ils veulent.

— Et que veulent-ils ? me demandai-je tout haut.

Grosmatou haussa les épaules.

— Aucune idée, ils ne nous l'ont pas dit.

— Oh.

Je me sentais de plus en plus inutile au fur et à mesure de cette conversation. Je n'avais pas de grandes idées à apporter, et Grosmatou m'avait suppliée de l'aider simplement pour m'utiliser comme diversion. Même si je ne voulais pas de ce travail, c'était blessant de voir qu'il ne m'en pensait pas capable.

— Il y a une chose que je peux faire, annonça-t-il après quelques instants de silence. Quand Melony a postulé pour l'agence, je l'ai naturellement dotée d'un traceur magique.

J'en restai bouche bée.

— Donc vous vous attendiez à ce qu'elle vous trahisse ?

— C'est quoi, ce vieux dicton que vous avez ? Toujours espérer le meilleur, mais se préparer au pire. En plus, elle ne m'a pas trahi.

Il semblait si sûr de lui, si calme, alors que j'étais encore plus en colère contre lui. Il m'avait intentionnellement collé un boulet. Si j'étais morte en accomplissant cette mission grotesque, s'en soucierait-il? Juste une normale de plus qui s'était retrouvée mêlée par erreur à des affaires magiques...

— On fait quoi, maintenant? Vous la traquez et je rentre chez moi? demandai-je, hésitante.

Bien que blessée par la manière dont il gérait notre relation jusqu'à présent, j'avais toujours envie d'aider. Et si des chats mouraient parce que je tournais le dos à tout ça? Et si Melony mourait? Oui, je la détestais, mais pas assez pour souhaiter sa mort. J'avais un sens moral, après tout.

— Non. On y va tous les deux, décréta-t-il.

— Mais je n'étais qu'une diversion.

— Oui, et j'en aurai peut-être besoin d'une autre.

Il me lança un clin d'œil, puis leva le menton en l'air et dit:

— Conduis-nous à Melony Haberdash.

La magie rose scintillante descendit du ciel et nous enveloppa. Elle était chaude et apaisante comme un bon bain, et je me prélassai dedans.

La magie. Je devrais toujours en avoir, et pas juste en temps de crise. Cela me paraissait si juste... Comme si c'était mon destin...

17

Le brouillard de magie rose se dissipa quelques secondes plus tard, et bien que cela n'ait pas duré longtemps, je me sentis presque nue sans elle.

Dans un premier temps, je fus rongée par son absence, puis je perçus un froid intense. La température avait dû baisser de quinze degrés. L'odeur de poisson et de poubelles avait aussi disparu, ne laissant plus que celle de l'air frais.

J'en inspirai une grande goulée et regardai autour de moi pour essayer de comprendre ce que je voyais. Nous étions dans une sorte de parc avec de grandes étendues de verdure et un ensemble de rampes, de tunnels et de podiums aux couleurs vives sur un côté.

Un border collie franchit la course d'obstacles,

puis sauta dans les bras de son propriétaire. Le long de la clôture, deux chiens plus petits se tournaient autour, la queue agitée, et se reniflaient l'arrière-train.

Grosmatou chancela un peu, puis me regarda par-dessus son épaule.

— Où sommes-nous ?

— Quoi ? Pourquoi vous me posez la question ? C'est vous qui nous avez emmenés ici.

— Ce n'est pas moi, c'est la magie du monde et tu le sais, feula-t-il.

Apparemment, il était tellement occupé à séparer les normaux des magicks qu'il avait oublié la sépara-tion tout aussi périlleuse entre les chats et les chiens.

Je plaçai mon index devant mes lèvres pour lui indiquer de se taire, puis murmurai :

— Oui, eh bien, je ne vois ni Melony ni les autres nulle part. Je croyais qu'elle était censée nous conduire à son emplacement.

— Il doit y avoir une sorte de mur magique qui nous empêche d'aller plus loin.

— Et maintenant, qu'est-ce qu'on fait ? On retourne à Beech Grove ?

Il grogna et agita la queue.

— C'est quoi cette manie que vous avez de toujours vouloir abandonner et rentrer chez vous ?

— Vous n'avez même pas besoin de moi, grinçai-je, toujours blessée par son précédent aveu. Pourquoi je risquerais ma vie alors que je ne sers à rien dans cette histoire ?

Le chat noir me transperça du regard et ses moustaches s'agitèrent, comme s'il réfléchissait intensément.

— Qu'est-ce que vous me cachez ? demandai-je en tendant la main vers lui.

Il m'avait déjà laissé le caresser un jour, afin de me montrer un aperçu du passé. S'il ne voulait pas me dire pourquoi il m'avait mêlée à ça, peut-être qu'il voudrait bien me le montrer. Ou alors, je pouvais faire juste un petit saut dans ses souvenirs pour le découvrir moi-même.

Il bondit en arrière, le poil agité.

— Ne me touchez pas sans y avoir été invitée !

De l'autre côté du terrain, un beagle dressa les oreilles, se figea, se tourna vers nous et arriva en courant.

Je m'apprêtais à saisir Grosmatou pour son bien, quand il effectua un cercle rapide près de mes pieds. Le chien jappa et se précipita vers son maître.

Je secouai la tête. Je ne devais pas me laisser distraire.

— Vous me cachez quelque chose. Comment puis-je être en sécurité si je ne sais pas...

— Si je ne vous le dis pas, c'est justement pour votre sécurité, alors arrêtez d'insister !

— Je devrais avoir mon mot à dire !

Grosmatou ouvrit la bouche, sa queue s'agita, il sembla sur le point de dire quelque chose.

Mais quelqu'un parla le premier.

— Belle journée, n'est-ce pas ?

Je me relevai et souris à un homme qui s'approchait, avec un chien en laisse. D'après la grosse tête, les courtes pattes et l'air débile, c'était un corgi. Repérant mon compagnon félin, le chien aboya joyeusement et tira sur sa laisse.

— Très belle, confirmai-je, parlant d'une voix forte pour être entendue par-dessus les bruits de l'animal.

Son propriétaire hocha la tête et poursuivit sa route.

— Attendez, le rappelai-je. Nous ne sommes pas d'ici. Nous sommes juste venus pour nous dégourdir les pattes avant de reprendre la route. Pourriez-vous nous dire où nous sommes ?

Il parut légèrement sidéré.

— Où nous sommes ? Vous n'avez pas regardé la direction en montant dans le ferry ?

Je me frappai le front.

— J'ai déjà oublié.

— Vous êtes sur l'île Carvi. Ce n'est pas vraiment le genre d'endroit où on se rend par hasard. La seule façon d'y arriver depuis le continent, c'est grâce au ferry, m'informa-t-il, les sourcils froncés.

— Oh.

J'agitai les yeux pour montrer ma perplexité. Je savais que j'avais l'air d'une imbécile, mais j'avais encore besoin d'informations.

— Et à quel endroit du continent?

— Le Maine, répondit-il sur un ton détaché.

— Le Maine?

— Le Maine. Le Maine. Vous ne connaissez pas l'État du Maine? Dites, vous allez bien? Je devrais peut-être vous emmener à l'hôpital voir un médecin.

Je ris et balayai son inquiétude d'un geste de la main.

— Non, tout va bien, l'air frais m'aide à me vider la tête.

— Je ne pensais pas qu'on pouvait la vider plus, marmonna-t-il, avant de partir en entraînant de force son corgi, qui protesta.

— C'était très discret, Tawny, se moqua le chat avec un petit rire étranglé, comme s'il avait une boule de poils dans la gorge.

Je haussai les épaules.

— Hé, j'ai eu des réponses, moi, au moins.

— Très bien, et donc si vous avez toutes les réponses, que faisons-nous à présent, madame la Normale maligne ?

Il cilla sous la luminosité du soleil, avec une expression suffisante que j'avais très envie d'effacer.

— Hé, ne m'appelez pas madame, grommelai-je en observant le parc à la recherche de... quelque chose.

Par chance, je trouvai justement quelque chose.

— Allons parler à votre jumeau, annonçai-je avec un sourire triomphant en indiquant le chat noir qui traînait sous un banc à l'autre bout du parc.

Et si c'était l'un des agents de terrain catnappés ?

18

Grosmatou trottina devant moi et rejoignit l'autre chat noir sous le banc, tandis que je m'en approchais avec nonchalance. Après tout, mieux valait éviter que l'homme au corgi soit encore plus méfiant et appelle quelqu'un. La magie que mon compagnon félin avait employée avec le beagle semblait fonctionner avec tous les chiens. Même le corgi s'était rapidement désintéressé de nous.

Quand j'arrivai enfin au banc, je m'assis et posai le doigt contre mon oreille, comme si j'avais caché une oreillette Bluetooth.

— L'un de vos agents de terrain, monsieur G? demandai-je en raccourcissant son nom de chat trop flagrant pour le cas où d'autres personnes surprendraient notre conversation.

— C'est un animal de compagnie, grommela-t-il sous moi.

— Je suis un familier, rétorqua son comparse, agacé.

Apparemment, notre nouvel ami était un mâle. Son accent de Boston prononcé indiquait qu'il était aussi peu à sa place ici dans le Maine que Grosmatou et moi.

— Bonnet blanc et blanc bonnet, répliqua Grosmatou.

— Ce n'est pas du tout la même chose! feula l'autre.

— Tu travailles pour les humains, alors qu'eux travaillent pour moi. Tu es pire qu'un animal de compagnie. Tu es un esclave.

J'imaginais très bien l'expression suffisante que devait arborer le Diplomate de la PTA tandis qu'il exhibait sa supériorité.

— Hé, m'exclamai-je, couvrant de ma voix la réponse plutôt fleurie de l'autre chat.

Je baissai la tête et croisai le regard du chat noir inconnu à travers les lattes du banc.

— Désolée pour lui. Il n'est pas si méchant, quand on apprend à le connaître.

Il plissa les yeux.

— Je n'ai aucune intention d'apprendre à le connaître. Maintenant, barrez-vous, vous compromettez ma planque.

— Votre planque? Vous parlez comme un flic, commentai-je, pensive et amusée.

— Je *suis* un flic.

— Je croyais que tu étais un familier? le corrigea Grosmatou.

— On ne peut pas être les deux?

Le chat policier noir se plaqua au sol, me quittant des yeux.

— Maintenant, allez-vous-en avant que Scavo ne se rende compte de quelque chose. Ça mettrait en danger toute l'opération.

Grosmatou inspira, stupéfait.

— Scavo?

— Oui, Scavo, et alors?

Tout ce que je voyais pour ma part, c'était un corps noir poilu d'un côté et un autre corps noir poilu de l'autre. J'avais vraiment besoin d'un ophtalmo.

Monsieur Grosmatou adopta le même ton pédant que chaque fois qu'il m'expliquait quelque chose de magique.

— La PTA le traque depuis des décennies. C'est un truand normal qui a découvert l'existence de la

magie et a commencé à l'utiliser à des fins personnelles. Il a créé tout un marché noir.

— Et encore, vous ne savez pas tout. Maintenant,
retourne à ta litière et « Pars Tenter Ailleurs » ta
chance, si c'est ça que signifie ton PTA.

— Ton manque de respect est dûment noté et sera
sévèrement puni, lui promit Grosmatou d'une voix
basse et rauque. Je suis le Diplomate de la *Paranormal Temp Agency*, donc j'en ai les moyens, tu sais.

— Eh bien, va être diplomate plus loin et laisse
cette affaire à la Division Paranormale de Blueberry,
répliqua notre nouvelle connaissance.

— C'est une histoire d'agence nationale VS agence
locale ? intervins-je.

Les deux chats me feulèrent dessus, je décidai donc
de continuer à observer la conversation en silence.

Monsieur Grosmatou reprit la parole.

— Scavo est mort il y a quelques années, alors, à
moins qu'il ne se promène sous la forme d'un cadavre
ambulant, votre mission est inutile.

— Attendez, les zombies existent aussi ? m'exclamai-je d'une voix suraiguë.

Une froide rafale souffla. Saisie d'un frisson, je
serrai les bras autour de moi.

Les deux chats ignorèrent ma question.

— Ça prouve toute l'étendue de tes connaissances, cracha le chat policier. Il est de retour et a repris ses anciennes habitudes.

— Impossible, s'entêta Grosmatou.

— Oui, je parie que tu ne pensais pas non plus qu'un type qui a passé cinquante ans dans une tombe puisse revenir sous la forme d'un chat magique qui parle, et pourtant me voilà.

— Très bien, si Scavo est de retour, alors où est-il? Parce qu'on est loin de Boston, au cas où ça t'aurait échappé.

— Si je savais où il était, je ne serais pas en planque, tête de lard. Mais il n'est pas là.

— Celui-là, c'est un vrai cinglé, me dit monsieur Grosmatou en sautant sur le banc à mes côtés.

J'étais plutôt d'accord avec lui, mais malgré tout, une piste minable valait mieux que pas de piste du tout.

— Arrêtez de l'embêter. Il peut peut-être nous aider, suggérai-je gentiment.

Je me mis à quatre pattes pour m'adresser directement à l'autre chat. Maintenant que je le voyais d'un peu plus près, je constatai qu'il n'était pas la réplique exacte de monsieur Grosmatou. D'une part, il n'avait pas de tache blanche sur la poitrine. D'autre part, il portait un collier à boucle épaisse avec un étrange symbole en forme d'étoile.

— Je m'excuse une nouvelle fois à sa place, dis-je, un sourire poli aux lèvres. Je m'appelle Tawny, et vous ?

— Blackjack, maintenant, m'apprit-il, amusé.

— Nous sommes loin de chez nous pour mener notre propre enquête. Des chats ont disparu des rues de Beech Grove, notre petite ville d'origine en Géorgie, et nous avons des raisons de penser qu'ils ont atterri ici, sur l'île Carvi. Vous sauriez comment nous pourrions les retrouver ?

Il eut un mouvement de recul.

— Tout ça, c'est pour une histoire de chats ? Je croyais que vous traquiez Scavo ?

— C'est exact. On essaie de retrouver plusieurs agents de terrain disparus. Une fille humaine s'est aussi fait enlever, je crois.

Je ne pouvais même pas lui dire combien de chats manquaient à l'appel, puisque monsieur Grosmatou ne m'avait donné qu'un minimum d'informations lors de notre briefing.

Blackjack pencha la tête sur le côté, puis opina.

— Vous auriez pu commencer par ça. Viens avec moi, petite. Je connais quelqu'un qui pourrait t'indiquer la bonne direction.

19

Je me levai et suivis Blackjack jusqu'à un trou dans la clôture. Il s'y faufila, puis se tourna vers moi et attendit.

— Hum.

Je me trémoussai d'un pied sur l'autre. Je n'arriverais jamais à passer là, et grimper pardessus la clôture alors qu'il existait déjà deux sorties parfaitement exploitables ne ferait qu'éveiller la méfiance des autres humains du parc.

— Je vais faire le tour. On se retrouve de l'autre côté.

— Comme tu veux, répliqua Blackjack en ricanant. On sera dans le parking ouest.

— Couvre-moi, lança Grosmatou.

Il disparut et réapparut de l'autre côté de la clôture.

— Joli tour de passe-passe, commenta Blackjack qui agita la queue. Tu as appris ça dans ton école de diplomates ?

— Oui, c'était juste après avoir enlevé les R dans les dialogues du *1, rue Sesame* pour que les Bostoniens puissent les comprendre.

Qui était ce nouveau Grosmatou ? Lui qui arborait toujours un air supérieur semblait détester ce chat à un niveau jamais égalé par personne, y compris les Haberdash.

Blackjack, évidemment, n'était pas en reste :

— Je n'ai pas vu cet épisode-là. J'étais occupé chez ta mère...

Heureusement, le volume de leur voix diminua alors que je m'éloignais le long de la clôture, jusqu'à la sortie. Je l'empruntai, puis m'empressai de retourner d'où je venais. Je trouvai le trou, mais pas les chats.

L'homme au corgi, qui se penchait pour ramasser une balle de tennis miteuse, me lança un regard interrogateur.

Je lui adressai un signe de la main, puis me retournai et avançai sur la pelouse non tondue de ce côté-là, à la recherche d'un parking ou des chats, selon ce que je trouverais en premier.

Je regrettais deux absences, à ce stade de ma journée : une veste chaude et mon portable. Oui, si les mots ne me posaient aucun problème, distinguer l'est de l'ouest sans l'aide de la technologie m'était impossible. Je regardai du côté du soleil, ce qui eut pour seul effet de me brûler la rétine. Ça ne m'indiqua pas par où il s'était levé.

Fichus chats ! Ils n'auraient pas pu prendre la sortie normale avec moi ?

Une femme aux cheveux bleus lumineux, vêtue d'un jean déchiré et d'une veste de moto en cuir s'approcha de moi.

— Tawny ? me lança-t-elle.

Nerveuse, je calai une de mes mèches roses derrière mon oreille et je déglutis.

— Oui. Bonjour.

Elle me sourit gentiment.

— Je m'appelle Val. Votre familier m'a dit que vous seriez sans doute perdue.

— Oh, je ne suis pas… Hum.

Je me retournai, mais ne vis ni l'homme au corgi ni aucun des autres promeneurs du parc, grâce à la petite pente.

— Vous êtes une sorcière, n'est-ce pas ? insista Val en observant mon visage et ma tenue gothique.

À vrai dire, qui sait ? Je ne possédais plus de magie, mais je ne croyais plus être encore une simple « normale », désormais.

Je ne savais pas quoi répondre à Val.

— Non. Oui. Enfin, j'en étais une, mais plus maintenant.

Elle pencha la tête sur le côté et un sourire de sympathie étira ses lèvres.

— Vous allez bien ?

Génial. Aussi bien les normaux que les magicks pensaient que j'avais besoin de consulter. Ils avaient peut-être raison. Je devais sûrement l'ajouter à ma liste de choses à faire à mon retour chez moi. Trouver un ophtalmo, puis un psy.

— Je vais bien, répondis-je enfin. Grosmatou et moi enquêtons sur une série d'enlèvements.

— C'est ce qu'il m'a expliqué. Venez avec moi.

Un badge brillant, assorti à l'étoile qui pendait autour du cou de Blackjack, scintillait à la ceinture de Val, prouvant au monde entier qu'ils étaient partenaires. Mais Grosmatou et moi ? Si quelque chose nous liait, il me l'avait bien caché.

— Parlez-moi de ces enlèvements, reprit-elle sur

un ton insistant, me prouvant qu'elle avait bien plus d'expérience que moi en interrogatoires.

Elle n'eut même pas besoin de me tendre une carotte pour me pousser à parler. Malheureusement pour elle, mes connaissances étaient limitées.

— Je ne sais pas grand-chose, répondis-je, afin qu'elle comprenne que je n'étais pas vraiment en mesure de les aider. Plusieurs chats ont été enlevés, ainsi qu'une jeune sorcière du nom de Melony Haberdash.

Val s'immobilisa tout à coup et se tourna face à moi.

— Vous avez dit Haberdash ?

Je hochai la tête avec emphase.

— Oui. Drôle de nom, hein ?

Elle se mordit la lèvre.

— C'est sans doute une simple coïncidence, mais... Oui, je vais devoir réfléchir...

Sa voix mourut sur ses lèvres, elle secoua la tête et se remit à marcher.

Un parking presque vide apparut à quelques mètres de nous, mais je ne voyais toujours aucune trace de Grosmatou ou de Blackjack. Je me demandais à quoi il servait. Il était trop loin pour une balade au parc pour animaux et je ne voyais aucun commerce dans le coin.

— Val, attendez, qu'est-ce qu'il y a ?

J'accélérai l'allure pour qu'elle ne me distance pas. Peut-être qu'elle me conduisait vers mon futur trépas. Je devais arrêter de faire confiance aux gens si facilement. Après tout, c'est ce qui m'avait conduit dans tout ce bazar magique en premier lieu.

Val avançait de plus en plus vite, et je regrettais de ne pas porter mes chaussures de course à la place de ces sabots noirs inutiles que Connie m'avait forcée à mettre.

Cette nana était-elle vraiment en train de s'enfuir ?

Pour ce qui était de la gentillesse des inconnus, on repassera.

20

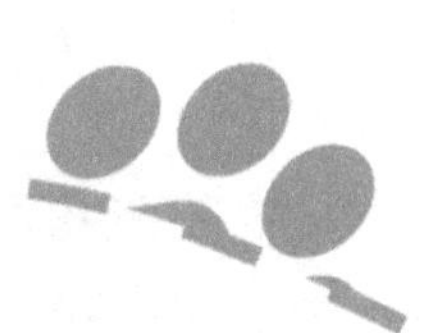

lackjack trottina vers nous et nous rejoignit à l'endroit où l'herbe trop haute rencontrait le goudron.

— Il est parti! annonça-t-il, en parvenant à miauler avec un accent de Boston.

Val devint blanche comme les murs nus de ma maison.

— Comment ça, il est parti? Qui est parti? demanda-t-elle à son partenaire.

Blackjack leva la queue en l'air. Seule la pointe s'agita.

— Ce gamin. Comment il s'appelait, déjà? Matou? Il a disparu, *pouf*.

— Tu n'étais pas avec lui? m'étonnai-je, les mains

sur les hanches pour essayer d'avoir l'air effrayante et culottée.

S'ils tentaient de me la faire à l'envers, j'étais cuite. Grosmatou et moi aurions mieux fait d'éviter de nous associer à ce duo problématique.

— Si ! Tout le temps. J'ai cligné des yeux, et il avait disparu, plus vite qu'une nonne dans le quartier chaud de Boston.

Il leva la patte et regarda ses coussinets comme s'ils l'avaient gravement déçu.

— Je pensais qu'il avait encore fait son truc de téléportation, mais non, il a juste... *pouf*... disparu comme ça.

D'accord, mon dernier lien avec la maison s'était envolé, mais cela ne signifiait pas qu'il m'avait abandonnée. Il s'était peut-être téléporté chez nous pour discuter avec Parker ou un autre membre du conseil.

Oui, c'était sans doute ça. Après tout, alors que je pensais que Melony était partie de sa propre volonté, Grosmatou était persuadé qu'elle avait été enlevée.

Une minute...

— Tu as vu un tourbillon de magie rose ? demandai-je au chat de Boston, le suppliant presque de confirmer.

Même si ce n'était pas vrai, j'avais besoin de bonnes nouvelles.

— Rien, m'informa-t-il, les yeux grands ouverts, comme s'il craignait que je disparaisse à mon tour s'il les clignait.

Tout à coup, j'eus l'impression d'être submergée, et pas de façon agréable et paisible comme quand j'étais enveloppée par la magie rose. Non, j'avais le sentiment horrible et terrifiant d'être coincée sous l'eau à contre-courant, sans espoir de remonter à la surface.

— Les gars, annonçai-je malgré la panique qui montait en moi, il n'est pas parti, il a été enlevé. La personne qui catnappe les agents a aussi pris monsieur Grosmatou.

Cette déclaration concrétisa mes pensées. Grosmatou ne m'aurait jamais laissée seule sans argent, sans papiers ou sans moyen de joindre la PTA. Il avait beau être une sacrée épine dans mon pied, il n'était pas diabolique. Pas totalement, en tout cas.

— Qu'est-ce qu'on doit faire? m'écriai-je, désespérée.

Val posa la main sur mon épaule pour me calmer, en vain.

— Nous allons continuer à travailler sur cette affaire de notre côté et voir ce qu'on déniche. Peut-être que nous trouverons votre familier, au passage.

Mais on ne peut pas cesser notre enquête pour partir à sa recherche.

— Mais je n'ai pas de téléphone, pas d'argent, personne pour m'aider. Comment suis-je censée le retrouver ?

La panique m'enveloppait de plus en plus, m'étouffant presque.

— J'aimerais pouvoir faire davantage, mais… Tenez.

Val sortit des billets de sa poche et me les donna.

— En sortant du parking, tournez à droite sur Main Street. À l'angle de Main et Yarrow, vous trouverez un motel crasseux, le *Nuit Blanche*. Il ne paie pas de mine, mais il est très propre, en réalité, et la propriétaire est l'une des nôtres. Dormez là-bas cette nuit, et demain matin, prenez le ferry pour Glendale. Le premier part à sept heures trente.

Je hochai la tête pendant toute sa tirade, soulagée que Val ait un plan, vu comme j'étais perdue.

— D'accord, d'accord. Et ensuite ?

— Il y a là-bas une femme qui peut parler aux animaux. Elle s'appelle Angie Russo. Elle n'a pas une seule cellule magique en elle, mais Blackjack est tombé sur elle par hasard à notre arrivée ici. On s'est renseignés sur elle et elle a l'air clean. Elle se targue d'être un peu détective à ses heures, donc jouez sur cette corde-là et elle vous aidera à retrouver votre familier.

— Merci, dis-je, plutôt que de la corriger sur la véritable nature de ma relation avec monsieur Grosmatou. Je ferai ça.

Comme ils ne disaient rien tous les deux, j'en profitai pour poser ma question.

— Comment puis-je vous contacter si j'ai besoin de quelque chose ?

— Vous ne pouvez pas. On se recroisera peut-être un jour, mais je n'espère pas, pour votre bien, répliqua Val d'un air sombre.

— Allez, pars. On a perdu assez de temps à papoter alors qu'on a un escroc à attraper, intervint Blackjack en me faisant signe de m'en aller avec ses pattes.

Je pris une grande inspiration et me dirigeai vers le fond du parking. Lorsque je me retournai, Val et son familier avaient tous les deux disparu.

21

Comme promis, le *Nuit Blanche* avait l'air horrible de l'extérieur, mais il était plutôt correct à l'intérieur. En voyant les briques abîmées qui avaient bien besoin d'un coup de Kärscher, je me retins de tourner le dos à cet endroit, consciente que c'était soit ça, soit dormir dans la rue.

Ma chambre avait une odeur puissante de javel et de savon noir. C'était plutôt bon signe. La première chose que je fis après m'être assurée qu'il n'y avait pas de cadavres cachés, de préservatifs usagés ou de sachets de drogue dans les coins, ce fut de prendre une longue douche chaude. Tandis que l'eau se déversait sur moi, je résistai à la tentation de me prélasser dessous, préférant réfléchir aux problèmes survenus dans la journée afin de les résoudre.

Même si j'étais reconnaissante à Val pour son argent et ses conseils, j'avais le sentiment qu'elle avait profité de la disparition de Grosmatou pour éviter de me dire ce qu'elle savait à propos des Haberdash. Je me reprochai de ne pas m'en être rendu compte plus tôt. Si ça se trouvait, elle était de mèche avec les kidnappeurs. Après tout, le traceur magique nous avait menés tout droit à son familier. Ce dernier était également resté seul avec Grosmatou suffisamment longtemps pour avoir pu le cacher quelque part. Pourquoi leur avais-je fait confiance, à Val et lui ?

Autre question qui me turlupinait : pourquoi n'avais-je jamais récupéré le numéro de Parker ? OK, je n'avais pas beaucoup de chemin à faire pour lui rendre visite, et vice-versa. Et nous ne nous connaissions que depuis quelques jours. Mais quand même.

Si je l'avais appelé maintenant, il m'aurait aidée. Au lieu de ça, j'étais désespérément seule et loin de chez nous, avec à ma disposition seulement la moitié de l'argent que Val m'avait donné. Je devais trouver le moyen de me sortir de là, et vite, parce que je ne pourrais jamais me payer une deuxième nuit ici.

Je me raccrochai à ce que je pouvais et je saisis le combiné du téléphone de l'hôtel pour contacter les renseignements.

— BAR À VOUS à Beech Grove, en Géorgie, je vous prie, demandai-je quand l'opératrice décrocha.

Elle me mit en relation tout de suite, mais la tonalité résonna en vain. Soit le propriétaire était trop occupé pour décrocher, soit il avait fermé pour la journée. C'était bien ma veine.

Je rappelai les renseignements et donnai à l'opératrice les noms d'autres magasins du centre-ville. Cette fois-ci, elle me confia une série de numéros, que je notai sur le carnet de l'hôtel. Je les contactai un à un, demandant à toutes les personnes que j'eus au bout du fil si elles connaissaient Parker Barnes, mais personne ne répondit par l'affirmative.

Étrange. Comment avait-il pu vivre à Beech Grove toute sa vie sans que personne ne se souvienne de lui ? On aurait dit qu'il était un fantôme.

Je me sentais en définitive encore plus mal qu'avant mes appels, parce que je commençais à perdre le mince espoir auquel je me raccrochais.

Je déchirai la page sur laquelle j'avais noté les numéros et la jetai à la poubelle, puis en pris une nouvelle et me lançai dans une autre liste. Celle-ci concernait les indices et incohérences que j'avais repérés jusqu'à présent.

Je commençai par marquer les personnes disparues. J'ignorais toujours le nombre de chats qui manquaient à l'appel, mais je me souvenais que Mungo et Lester avaient parlé de Percy, dans la ruelle. Je notai leurs noms, et ajoutai ceux de Melony et Grosmatou. Nous en étions à cinq personnes… euh, créatures… disparues.

Ensuite, je répertoriai les lieux. Il n'y avait, pour le moment, que BAR À VOUS et le parc animalier de l'Île Carvi. Oui, j'allais me rendre sur le continent le lendemain matin, mais je ne savais pas encore si c'était pertinent.

Les suspects incluaient Melony – je n'avais pas l'intention de l'épargner sous prétexte qu'elle avait disparu à son tour –, Val et Blackjack, ce Scavo dont ils parlaient, et même le grand-père de Melony. Après tout, Val avait fortement réagi à leur nom de famille.

C'était tout. Tout ce que je savais était condensé sur un seul bout de papier. *Soupir.*

Je fixai la feuille un long moment, espérant que les mots se réarrangent d'eux-mêmes et qu'il en jaillirait une sorte de révélation qui expliquerait tout. Rien de tel ne se produisit.

Frustrée, je pliai la liste et la fourrai dans ma poche.

À court de pistes, je me rendis dans le fast-food

que j'avais croisé en me rendant au motel et je mangeai à en avoir mal au ventre. Je rapportai quelques cheeseburgers avec moi pour plus tard, puis je me couchai tôt afin d'être pleine d'énergie et d'attaque pour le lendemain matin.

22

Cette Angie Russo semblait être une institution, dans cette région pittoresque du bord de mer appelée Blueberry Bay. Je n'eus aucun problème à trouver quelqu'un, sur le ferry, en mesure de m'indiquer sa maison à Glendale. Et moi qui pensais que Beech Grove était une petite ville !

Même si la plupart des gens pensaient que la « Chuchoteuse, Détective Privée » autoproclamée était un peu perchée, ils l'aimaient bien.

— Sa grand-mère et elle ont organisé un grand gala de charité pour aider le refuge. Pas plus tard qu'hier soir, d'ailleurs, m'apprit une femme d'une dizaine d'années de plus que moi, lorsqu'elle m'entendit demander où je pouvais trouver madame Russo.

Quelques minutes plus tard, l'une de mes nouvelles amies du ferry m'annonça qu'elle se rendait dans la même direction que moi et qu'elle pouvait donc me déposer. Voilà comment je me retrouvai sous le porche d'un imposant manoir de la côte Est, peu après huit heures du matin.

Je frappai à la porte, et un aboiement aigu retentit des profondeurs de la maison. Il se rapprocha de plus en plus, accompagné d'un bruit de griffes, jusqu'à ce que la porte s'ouvre et qu'un minuscule animal en jaillisse pour m'accueillir.

Les aboiements se transformèrent en gémissements tandis que le chihuahua, presque entièrement noir, se dressait sur ses pattes arrière pour me donner des petits coups sur le tibia.

— Elle veut que vous la preniez dans vos bras, ma chère, déclara une femme de l'autre côté de l'embrasure.

Je saisis le chien agité et me redressai.

— Vous êtes Angie ? lui demandai-je.

Elle devait avoir au moins soixante-dix ans et portait un jogging moulant en velours rose.

Elle éclata de rire comme si je venais de raconter la meilleure blague du monde.

— Oh, Seigneur, non ! Moi, c'est sa grand-mère, et cette jeune fille dans vos bras, c'est ma Paisley. Angie dort toujours, elle s'est couchée tard, hier soir. Nous avons fait une sacrée fête. Souhaitez-vous repasser dans l'après-midi ?

Je caressai sans réfléchir la tête de la petite chienne qui tremblait dans mes bras.

— Hum. J'ai un gros problème, et plus j'attends, plus il s'aggrave, tentai-je d'expliquer maladroitement.

Qu'allais-je faire si elle me refoulait ? Où irais-je ensuite ?

La grand-mère pinça les lèvres.

— Je vois.

Je décidai d'aller droit au but, dans l'espoir de gagner sa sympathie, plutôt que de la mettre en colère et risquer qu'elle me renvoie.

— Est-ce vrai qu'elle sait parler aux animaux ?

La vieille femme acquiesça d'abord, puis se figea. Son visage se décomposa.

— Euh, je ne suis plus vraiment censée en parler.

Elle se mordit la lèvre. Nous restâmes un moment en silence, l'une en face de l'autre.

Le chihuahua continuait à frémir d'excitation.

— Que diriez-vous de patienter autour d'un thé ? me proposa-t-elle finalement.

Je hochai la tête et la suivis dans le salon. Un gros matou tigré se trouvait sur le canapé et me regardait avec scepticisme. Était-il capable de parler, comme les autres chats que j'avais rencontrés au cours de la semaine? Était-il lui aussi une sorte de flic, d'espion ou de diplomate? Difficile de voir en lui autre chose qu'un chat d'intérieur, vu son air décontracté et sa bedaine mal dissimulée.

Quand elle me vit dévisager le minou, elle rit.

— Oh, ne vous occupez pas d'Octo-Chat. Il est né énervé. Suivez-moi à la cuisine. Vous avez faim? J'ai mis des scones à la vanille à cuire.

Mon ventre gargouilla à la perspective de me gaver de pâtisseries fraîches, et j'opinai avec enthousiasme.

La mamie d'Angie contourna une petite table pliante couverte de serviettes de table en boule et d'autres déchets.

— Désolée pour le bazar. Nous avons organisé un grand gala de charité hier soir et n'avons pas fini de nettoyer. Nous comptions nous en charger, puis il y a eu un cadavre et...

— Un cadavre? m'écriai-je, en reculant d'un pas pour mettre un peu de distance entre nous.

Je serrai la petite chienne dans mes bras en guise de bouclier. Cette vieille folle ne me ferait sans doute pas de mal tant que je tenais son animal de compagnie, n'est-ce pas?

Elle opina comme si de rien n'était.

— Oh, ne me regardez pas comme ça, ce n'est pas moi qui l'ai tué.

— Ce n'était peut-être pas une bonne idée, me plaignis-je, à deux doigts de quitter cette maison et de retourner en Géorgie en stop.

Je pouvais sans doute m'arrêter à New York chez mon éditrice et lui demander de m'aider à faire le reste du trajet.

Des pas retentirent derrière moi. Je me retournai et vis une grande femme aux cheveux blond foncé, vêtue d'un pyjama à pois.

— Bonjour, m'accueillit-elle avec un sourire amical. Qui est-ce, mamie?

— Elle ne m'a pas encore donné son nom, mais elle est venue pour toi, ma chérie, répondit la vieille femme en haussant les épaules.

— Pourquoi donne-t-elle l'impression d'avoir vu un fantôme? *Mamie.*

Il y avait une pointe d'avertissement dans sa voix.

L'intéressée haussa à nouveau les épaules.

— Je la mettais juste au courant des événements d'hier soir, c'est tout.

— Combien de fois vais-je devoir te le dire? Le

meurtre, ce n'est pas un bon moyen pour briser la glace.

Sa grand-mère pouffa et alluma la bouilloire.

— Vous êtes Angie? demandai-je.

Au moins, je me sentais un peu plus en sécurité, maintenant que je n'étais plus seule avec la grand-mère.

— Il paraît que vous pourriez m'aider. Je m'appelle Tawny. Je ne suis pas du coin.

Elle me décocha un grand sourire et écarta les bras en signe d'invitation.

— Oui, c'est moi. Allons nous installer dans le salon. Vous allez tout me raconter.

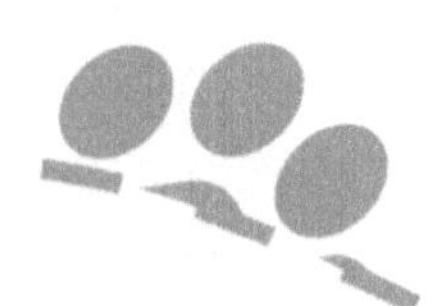

23

Angie se mit sur le canapé, à côté du chat. Il ne me resta plus que la bergère à oreilles non loin. Bien qu'un peu rigide, c'était plutôt confortable.

Je posai le chihuahua agité sur le sol, mais la chienne sauta sans tarder sur le fauteuil et se blottit contre ma cuisse.

— Vous avez une affaire pour moi? demanda Angie, légèrement penchée en avant, intéressée.

Je hochai la tête tout en me demandant ce que je pouvais lui révéler.

— Oui. Ça concerne un chat disparu. Plusieurs, en réalité.

— C'est dans mes cordes, se vanta-t-elle, les yeux écarquillés sous l'effet de l'excitation. J'ai déjà retrouvé un chien. Celui du maire, à vrai dire. Et aussi mon chat. Qui est de retour, comme vous pouvez le voir.

Elle effleura le dos du chat tigré, qui tressaillit. Elle écarta sa main en vitesse comme si elle s'était brûlée et reporta son attention sur moi.

C'était peut-être mon imagination, mais Angie me paraissait un peu trop pressée de m'aider.

— C'est Val qui m'envoie. Elle m'a dit que vous parliez aux animaux, ajoutai-je en l'observant de près, afin de déterminer si la rumeur était vraie.

Elle ne me fit pas attendre longtemps. Elle rit si fort que son visage devint rouge.

— Quelle blagueuse, cette Val. D'ailleurs, je ne connais aucune Val.

Elle haussa les épaules et leva les yeux au ciel, surjouant tellement que j'eus la confirmation que la policière ne s'était pas trompée.

— Tout va bien, je ne raconterai votre secret à personne, lui promis-je, espérant la rassurer.

Je n'avais pas toute la journée pour la convaincre de m'aider.

— J'ai désespérément besoin de retrouver un chat en particulier. Il s'appelle monsieur Grosmatou.

Angie inclina tout à coup la tête et me dévisagea avec une intensité qui me mit mal à l'aise.

— C'est un nom peu commun.

J'opinai.

— Oui, c'est vrai. Pouvez-vous m'aider ?

Sa grand-mère apporta un plateau contenant les scones à la vanille susmentionnés et trois tasses de thé English Breakfast.

Le petit chihuahua câlin me quitta pour la rejoindre tout de suite.

— Qu'est-ce que j'ai manqué ? demanda-t-elle en s'asseyant à côté de sa petite-fille. Une bonne nouvelle ?

Angie semblait plus calme, maintenant que sa grand-mère s'était jointe à nous.

— Tawny essaie de localiser son chat qui a disparu. Monsieur Grosmatou, lui expliqua-t-elle.

Les yeux de sa mamie s'écarquillèrent.

— Ce n'est pas le chat qui t'a dit hier soir que…

— Mamie, tu sais bien que toute cette histoire de parler aux animaux, c'est juste une rumeur, la coupa sa petite-fille avec un sourire idiot en levant les yeux au ciel de manière exagérée.

Elle soutint le regard de sa grand-mère jusqu'à ce que celle-ci se détourne et avale une grande gorgée de thé.

— Nous avons organisé une soirée, hier soir, le Gala du Chat noir, poursuivit-elle. Notre but était de trouver des foyers aux chats noirs du refuge du coin et de lever des fonds. Il y avait bien un minou du nom de monsieur Grosmatou, qui se trouvait parmi les animaux à adopter.

— Mais comment?

Je plaçai mes deux mains autour de la tasse de thé et la serrai fort.

— Il a été enlevé hier après-midi. Et à Caraway Isand, en plus.

Cette information ne parut pas la perturber.

— Nous formons une seule petite communauté, tout autour de la baie. Il est tout à fait possible que le refuge de Glendale ait apporté quelques chats noirs provenant d'autres refuges de la région.

Je me levai.

— Ça veut donc dire qu'il est au refuge? Je devrais y aller, non?

Elle soupira et m'indiqua de me rasseoir.

— Non, il a été adopté.

— Adopté! explosai-je. Non, non, non. Ce n'est pas possible. C'est mon chat, je dois vraiment le retrouver!

— Tout ira bien. S'il est à vous, je suis persuadée que les nouveaux propriétaires vous le rendront. Il faudra juste leur rembourser les frais d'adoption.

Angie attrapa un scone chaud et en avala une grosse bouchée.

— Il n'y a pas mort d'homme, approuva sa grand-mère.

— Mais où se trouvent les nouveaux propriétaires ?

Les refuges n'étaient-ils pas censés se renseigner sur les *anciens* avant de donner un chat ? Ils auraient au moins dû lui faire passer quelques examens de santé et étudier son tempérament. Quelque chose clochait.

— Je vais envoyer un petit message au refuge pour voir s'ils peuvent nous donner ça. Je suis sûre qu'étant donné les circonstances…

Elle sortit son portable de sa poche et tapa dessus bien plus vite que je n'en aurais été capable. Quelques instants plus tard, elle leva les yeux vers moi avec un sourire satisfait.

— Voilà. Nous devrions avoir des nouvelles bientôt.

— Buvez votre thé, en attendant, m'encouragea sa mamie en indiquant ma tasse que je serrais toujours avec force.

J'avalai une gorgée avec hésitation, puis une autre. Très vite, j'avais tout vidé.

— Oh, c'est bon ! s'exclama Angie en agitant son

portable au-dessus de sa tête. Le refuge vient de répondre.

Je posai ma tasse sur le plateau et la vis se rembrunir.

— Oh, dit-elle simplement.

— Qu'y a-t-il, ma chérie ? demanda sa grand-mère avec insistance, m'épargnant la peine de poser la question.

— Monsieur Grosmatou a été placé dans un foyer sur Caraway Island, expliqua-t-elle, avec une expression curieuse sur le visage.

Évidemment.

On dirait que mon étrange voyage au pays de la magie venait de basculer dans le fantastique, et plus précisément dans *L'histoire sans fin* de Michael Ende.

24

Angie me reconduisit au ferry et se gara pour l'attendre avec moi.

— Ce n'est pas vrai, vous savez.

— Hmm? demandai-je, les yeux fixés sur l'horizon.

— Que je peux parler aux animaux. C'est de la folie, n'est-ce pas?

Elle me transperçait du regard. J'en sentais l'intensité même si je n'étais pas tournée vers elle.

— Oui, totalement, confirmai-je avec un faux sourire aux lèvres.

— Je comprends très bien leur langage corporel, voilà tout. Apparemment, ça fait de moi la femme qui murmure à l'oreille des animaux.

Elle lâcha un rire gêné, et je me joignis à elle par

politesse. L'attente allait être longue. J'ignorais les fréquences de passage du ferry. Avec la chance que j'avais, nous allions nous retrouver à poireauter toute la journée. Je regrettais pour la énième fois ce jour-là de ne pas avoir Grosmatou sous la main et sa capacité à nous transporter d'un endroit à l'autre à une vitesse record.

— Bon, quelle est votre histoire, Tawny? Les cheveux roses et les vêtements noirs font forte impression. Qu'essayez-vous de dire au monde?

Sérieux, comme si elle pouvait me juger. Avant de partir, elle avait troqué son pyjama à pois contre un legging et un pull au col lâche. Même sans être une grande fashionista, je savais dans quelle décennie nous vivions, moi, au moins.

— Ma robe est violet foncé, plutôt comme les mûres que véritablement noire, rectifiai-je, en gardant le reste de mes pensées pour moi.

— Mais quand même, pourquoi portez-vous autant de bijoux? Ça ressemble à un costume.

Elle m'adressa un sourire niais pour atténuer la pique.

Elle avait au moins raison sur un point. J'avais longtemps hésité à laisser les tonnes de bijoux au motel. J'avais finalement décidé de les prendre avec moi, pour m'éviter la colère de Connie. Elle avait beau affirmer qu'elle se nourrissait d'argent et non de sang, je ne voulais courir aucun risque.

Cela dit, si Angie s'en tenait à sa couverture pourrie, je pouvais faire de même. J'en avais trop dit à Blackjack et Val, mais je n'allais pas commettre la même erreur deux fois.

— Je suis voyante, expliquai-je en lui décochant un grand sourire de mon cru.

Elle parut un peu surprise.

— C'est cool. Vous pouvez prédire l'avenir et tout ça ?

Je secouai la tête.

— Pas vraiment. Je suis juste douée pour déduire les indices d'après le langage corporel des gens et leur dire ce qu'ils veulent entendre.

— Oh, donc on est un peu pareilles ? s'étonna-t-elle, avec un rire puéril.

— Oui.

Toutes les deux des menteuses aux couvertures merdiques.

— Je savais que vous ne pouviez pas *vraiment* prédire l'avenir, commenta-t-elle au bout d'un moment.

J'acquiesçai en silence.

Le ferry arriva peu après, me libérant de ses tentatives maladroites pour engager la conversation.

Le soulagement m'envahit, jusqu'à ce qu'un événement terrible et inattendu se produise...

— Je vous accompagne, m'informa-t-elle alors que je tendais la main vers la poignée.

Avant que je puisse protester, elle gara sa voiture dans la file d'attente pour l'embarquement. Bon. Mon enquête avancerait plus vite avec une escorte à roulettes. Et puis, Angie ne pouvait pas rendre la situation plus gênante qu'elle ne l'était déjà... n'est-ce pas?

— Alors comme ça, vous aimez résoudre des mystères, c'est ça? demandai-je.

J'avais décidé de lui faire confiance, malgré mes hésitations. C'était dire l'ampleur de mon désespoir.

Elle me décocha son plus grand sourire.

— Oui, c'est vrai. C'est mon métier. Vous voulez m'engager officiellement pour travailler sur votre affaire?

— Je n'ai pas d'argent pour le moment. Je pourrais vous en donner une fois que nous aurons résolu cette histoire, mais...

Je haussai les épaules.

— Je ne peux pas vous demander de travailler gratuitement.

— Oh, si, si, vous pouvez. Je travaille gratuitement quasiment tout le temps. Le fonds fiduciaire de mon chat paie toutes nos factures, et même plus. Et puis, j'ai besoin d'expérience pour ne pas rouiller.

Eh bien, voilà qui était bizarre.

— Donc, vous voulez m'aider ? demandai-je, surprise, en haussant les sourcils.

Elle agita la tête de haut en bas.

— Si vous me le permettez.

— Dans ce cas…

Je sortis de ma poche la liste que j'avais réalisée la veille et la lui tendis.

— Voilà toutes les informations dont je dispose à l'heure actuelle.

Angie étudia le papier, les sourcils froncés, plongée dans ses pensées.

— Tant de gens ont disparu et vous enquêtez avec votre chat ?

— Oh, non. Juste une personne. Melony.

J'indiquai son nom pour étayer mon propos.

— Les autres, ce sont des chats.

— Et c'est quoi le reste ?

— Des suspects et des lieux importants.

— BAR À VOUS ? demanda-t-elle, amusée.

— C'est le nom d'un poissonnier de ma commune. En Géorgie.

— En Géorgie ? s'exclama-t-elle en me rendant ma liste. Qu'est-ce que vous faites si loin ? Vous pensez vraiment que quelqu'un a kidnappé vos chats et les a transportés à vingt heures de route jusqu'ici ?

Je la contemplai, admirative. Elle n'était peut-être pas aussi incapable qu'elle en avait l'air.

— Comment vous avez fait pour estimer si vite la durée du trajet ? Même moi, je ne le savais pas.

— Mon cousin habite en Géorgie, répondit-elle avec un sourire distrait. Dans la région de Peach Plains. Vous connaissez ?

— Euh, oui, c'est aussi là que je vis.

Une nouvelle lueur s'alluma dans ses yeux.

— À Larkhaven ?

— Non, à Beech Grove.

Et l'étincelle fut soufflée en un instant.

— Oh, murmura-t-elle.

— Oh, répétai-je.

Angie ne me parla plus pendant le reste du trajet, prouvant que, si, elle pouvait rendre la situation encore plus gênante qu'elle ne l'était déjà.

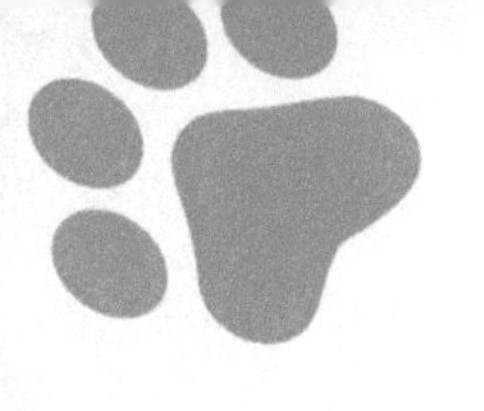

25

ès que le ferry eut accosté, Angie se rendit tout droit à l'adresse des adoptants que le refuge lui avait envoyée par e-mail. Ou du moins, elle essaya.

— Hum, j'ai dû la rater. Regardez bien les numéros et cherchez le 748, marmonna-t-elle en roulant lentement dans la rue bordée de maisons.

Nous observâmes toutes les deux avec attention, mais les numéros passaient du 743 au 752 directement. Ce n'était pas bon signe.

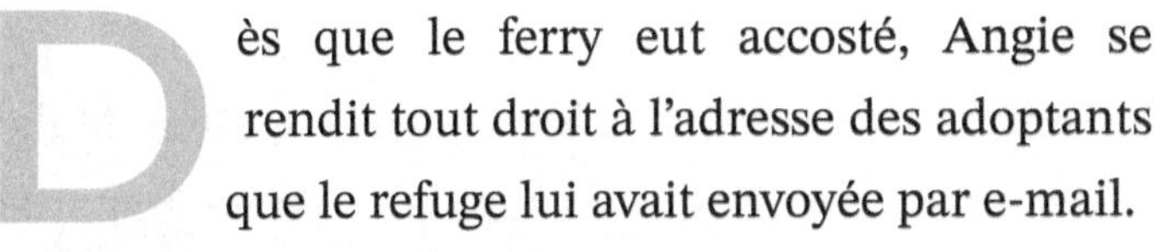

— Quelqu'un a donné une fausse adresse? Qui ferait ce genre de chose? fulmina-t-elle en frappant son volant.

— Quelqu'un qui ne veut pas qu'on le trouve.

Elle se gara contre le trottoir et grogna de frustration.

Il se passait quelque chose, ici. Quelque chose d'énorme. Ma nouvelle acolyte à moitié énervée et moi serions-nous de taille à y mettre un terme?

— Attendez ici, lança-t-elle en détachant sa ceinture. Je reviens tout de suite.

Elle se dirigea vers un jardin à quelques maisons de là et se pencha pour discuter avec un corgi qui prenait le soleil dans l'herbe. Cela ne pouvait pas être le même corgi que la veille au parc... n'est-ce pas?

Elle s'accroupit près de lui, dos à moi. Malgré tout, il était évident qu'elle était en train de lui parler.

Ils discutèrent plusieurs minutes, puis la porte de la maison s'ouvrit et sous le porche apparut une silhouette familière. C'était l'homme du parc qui pensait que j'avais besoin de consulter un psy.

Je bondis hors de la voiture et me précipitai vers eux pour excuser notre impolitesse.

— Encore vous, lança le propriétaire du corgi en me repérant.

— Oui. Bonjour. Vous vous souvenez du chat qui était avec moi hier? Il a disparu, et mon amie m'aide à le chercher.

Il croisa les bras et nous regarda de haut.

— En pénétrant illégalement dans mon jardin ?

— N... Non, balbutiai-je, en reculant d'un pas. Désolée. Elle adore les animaux, voilà tout. Elle a vu votre adorable chien et voulait juste le saluer.

Angie prit enfin conscience de la situation et décida de m'aider. Elle se releva.

— J'adore les corgis et leur petite tête en forme de cœur. J'envisageais d'en adopter un, mais je voulais me renseigner un peu plus avant. Vous recommanderiez cette race à un ami ?

— Je vous recommanderais surtout de sortir de chez moi ! grommela l'homme en la fusillant du regard. Viens, Baron. On rentre !

Le chien courait étonnamment vite, pour un animal aussi court sur pattes. Il se précipita à l'intérieur, et l'homme claqua la porte.

— Malpoli, commenta Angie, une moue aux lèvres, tandis que nous revenions à la voiture.

— Qu'est-ce que Baron vous a dit ? demandai-je une fois que nous fûmes de retour à l'intérieur. Avec son langage corporel, bien sûr.

— Oh, c'est vrai.

Elle se laissa tomber contre l'appuie-tête et ferma les yeux. Je crus pendant un moment qu'elle ne me répondrait pas.

— Il a vu beaucoup de personnes étranges dans le

coin, ces derniers jours. D'abord un homme grand, puis un chat, puis nous.

Grosmatou! Peut-être que l'adresse incorrecte n'était qu'une bourde et qu'il était toujours dans le coin.

— C'était un chat noir avec une tache blanche? demandai-je avec empressement, en me redressant.

— Non, je crois qu'il a parlé d'un chat écaille de tortue. Euh... c'est en tout cas comme ça que je l'ai interprété.

Pas étonnant que tant de rumeurs circulent sur cette nana. Elle était très nulle pour cacher son secret.

Mais ça, c'était son problème. J'avais bien d'autres sujets d'inquiétude plus urgents et importants. Oh oui, j'étais inquiète.

— Est-ce qu'on peut tourner un peu dans le coin?

Mon moral chutait plus vite que... eh bien... quelque chose qui chute incroyablement vite.

— Oui, bien sûr.

Elle ralluma la voiture et effectua des tours dans le quartier, prenant soin d'éviter la maison du méchant propriétaire du corgi.

Elle entreprit ensuite de serpenter dans les rues avoisinantes, et nous ne parlions toujours pas. J'étais sur le point de perdre tout espoir quand...

— Angie, arrêtez la voiture! hurlai-je à pleins poumons.

Nous nous immobilisâmes d'un coup, et ma ceinture se tendit, s'enfonçant dans ma cage thoracique.

— Qu'est-ce qui se passe? demanda-t-elle en regardant autour d'elle pour trouver la réponse.

Mais j'étais déjà sortie de la voiture en courant.

26

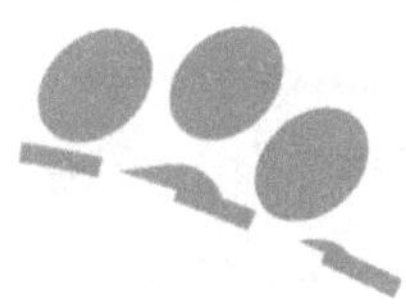

Je sautai droit dans les bras de Parker, et nous trébuchâmes à cause de la collision à grande vitesse.

— Tu m'as trouvée ! m'écriai-je – sanglotai-je, plutôt – sous l'effet du soulagement.

— Tu es une femme difficile à trouver, Tawny Bigford, murmura-t-il.

Il essuya une larme sur ma joue.

— Je suis tellement content que tu ailles bien.

— Comment as-tu su que j'étais là ?

Je plongeai mon regard dans ses magnifiques yeux gris en me demandant si c'était le bon moment pour ce premier baiser que nous attendions tous les deux.

— Quand j'ai compris que Melony, Grosmatou et

toi aviez disparu, j'ai paniqué. Je ne l'ai su qu'en passant dans l'après-midi prendre de tes nouvelles. Je n'arrivais pas à te trouver, ni Melony, donc j'ai tenté de joindre monsieur Grosmatou, mais il n'était nulle part lui aussi et personne ne savait rien. Alors, j'ai passé tous les papiers du patron au peigne fin, puisqu'il note tout, et j'ai trouvé la signature magique du traceur de Melony. Ça m'a conduit à une sorte de...

— Parc pour animaux, terminai-je à sa place.

— Oui.

Il m'adressa un sourire faible, puis trébucha. Je le retins par le bras.

— Hé, qu'est-ce qui ne va pas ?

Il bâilla et chancela.

— Je me sens éreinté. Comme si je n'avais pas dormi depuis des jours. C'est bizarre.

— Tu es blessé ?

Je le scrutai à la recherche de sang. La téléportation était peut-être plus dangereuse que Grosmatou ne l'avait laissé supposer.

— Je crois...

Il se tut et prit une grande inspiration.

— Je crois que comme je suis le sorcier communal, je ne peux pas rester loin de la ville. Ma magie...

Il leva la main et, d'un geste du poignet, fit apparaître une petite flamme au bout de ses doigts, qui crépita et disparut.

— Je crois que c'était la dernière étincelle de magie, déclara-t-il, avant de s'affaler contre moi.

— Il faut qu'on te ramène là-bas !

Je posai son bras sur mon épaule et me dirigeai vers la voiture.

Angie se tenait devant, les yeux écarquillés.

— On doit l'aider, lui criai-je en tentant de faire avancer Parker, qui résista.

— Je ne peux pas partir sans Grosmatou. Sans le Diplomate, l'agence n'existe plus.

Angie fronça les sourcils et secoua la tête.

— De quoi est-ce qu'il parle, Tawny ? C'est quoi ce tour de passe-passe qu'il a fait avec la lumière ?

— C'est une de tes amies ? me demanda Parker d'une voix sifflante en tournant la tête d'un geste brusque, presque douloureux.

— En quelque sorte, murmurai-je, pour qu'il soit le seul à m'entendre. Elle m'aide à retrouver Grosmatou.

— Pourquoi est-ce que vous parliez de magie, tous les deux ? nous interpella-t-elle avec un rire gêné. Enfin, ça n'existe pas.

J'échangeai un regard inquiet avec Parker.

— N'est-ce pas ? ajouta Angie en couinant.

Elle posa la main sur sa poitrine, comme pour s'assurer que son cœur battait toujours dedans.

— On doit effacer sa mémoire, déclara Parker d'une voix rauque.

Il lâcha mon épaule, leva les deux bras au ciel et grogna.

Angie recula.

— Bon, les gars, je ne sais pas à quoi vous jouez, mais ce n'est pas drôle.

— Ça ne fonctionne pas, se plaignit Parker, dont les genoux cédèrent sous l'effet de l'épuisement. Je n'ai plus de carburant.

— On va retrouver Grosmatou, il se chargera de tout, décidai-je tout haut en l'aidant à se relever.

Angie ouvrit sa portière.

— Eh bien, il est temps que j'y aille. Ne vous en faites pas pour mes honoraires. Byyyyye !

Je saisis ma chance. Je lâchai Parker, espérant qu'il pouvait rester debout tout seul, et bondis vers la portière passager. Je me jetai sur le siège.

— N'importe quoi, nous aurons bientôt votre argent. Encore un peu de patience.

Parker se dirigea en titubant vers la voiture, comme une sorte de vieux zombie à la peau rose, et je laissai ma portière ouverte, afin qu'Angie soit moins enclin à partir sans lui.

Elle poussa un long soupir et posa le front sur le volant.

— Je croise des meurtriers, des escrocs et tout un tas de malfaiteurs sans arrêt, mais je n'ai jamais été aussi effrayée. S'il vous plaît, laissez-moi rentrer chez moi et faites comme si je n'avais rien vu ni entendu. Je ne le dirai à personne, je vous le jure.

— Aidez-nous, je vous en prie, la suppliai-je, consciente du service que je lui demandais. Vous avez un chat, vous aussi. À ma place, vous feriez tout pour le récupérer, non ?

Elle leva la tête et m'observa avec circonspection. Des larmes brillaient dans ses yeux. Je m'en voulais de l'entraîner là-dedans. Après tout, j'avais été à sa place quelques jours plus tôt à peine. Mais nous avions besoin d'elle. J'étais incapable d'avancer vite avec Parker, et je ne pouvais pas le laisser sur place alors qu'il était venu jusqu'ici pour me retrouver.

— On vous protégera, je vous le promets, lui assurai-je, espérant plus que tout qu'elle me croie. Tout ira bien, et vous obtiendrez un gros chèque à la fin pour le dérangement.

Elle soupira et alors que je pensais qu'elle allait

me chasser de sa voiture et faire comme si je ne l'avais jamais rencontrée, elle sourit, attrapa le volant à deux mains et se tourna vers moi.

— D'accord, allons-y.

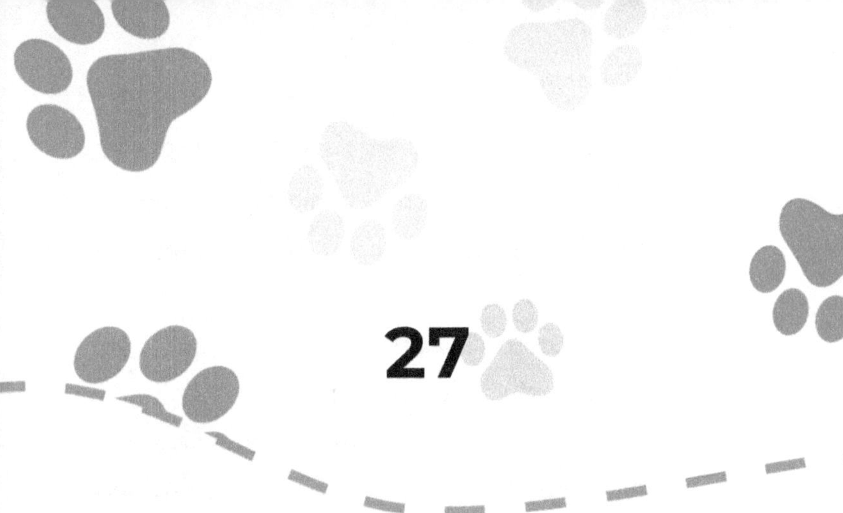

27

Dès que Parker eut rejoint tant bien que mal la banquette arrière, nous parcourûmes une fois de plus les quartiers et différentes rues de l'Île Carvi. Même si je n'aimais pas le fait d'être si loin de chez moi, au moins, la zone de recherches était limitée, sur cette petite île.

Pendant qu'Angie conduisait, je tendis à Parker la liste que j'avais rédigée à l'hôtel afin de l'aider à rattraper le temps perdu, bien qu'il n'y ait pas grand-chose à rattraper.

— Je peux ajouter quelques éléments, déclara-t-il après l'avoir étudiée un moment. Sans magie et quasi sans force, je ne suis pas un atout pour cette mission, mais mon cerveau fonctionne encore plutôt bien.

Pour commencer, je ne connais pas cette Val ni ce Blackjack, mais ils ont raison, Scavo est de retour.

Je secouai la tête, incrédule, tandis que le paysage défilait lentement sous nos yeux.

— Mais monsieur Grosmatou a dit qu'il était mort il y a quelques années, lui rappelai-je.

— Son corps est mort, oui, mais Scavo s'est enfoncé dans une magie tellement noire et profonde qu'il a déjà réussi à arranger son retour avant de « mourir paisiblement dans son sommeil », conclut-il en mimant les guillemets.

Angie écrasa la pédale de frein et nous fîmes une embardée.

— D-d-désolée, balbutia-t-elle. Continuez.

— Donc, il est de retour, mais avec une apparence différente ? demandai-je afin de revenir sur le sujet qui nous préoccupait.

— C'est notre théorie. Nous pensons qu'il a pris un nouveau nom, mais conservé de vieux contacts.

Hmm. Tout comme Angie, cette nouvelle révélation sur les prouesses de la magie me filait les chocottes.

— Pourquoi n'est-il pas simplement devenu un vampire ? m'étonnai-je, en me souvenant de ma conversation avec Connie.

— D'une, parce qu'il n'était pas un être magick, et

parce qu'aucun Diplomate sain d'esprit ne lui offrirait une telle dose de pouvoir. On dirait que tu as bien discuté avec Connie pendant ton relooking.

Parker lâcha un rire faible. Est-ce que son état empirait tant qu'il restait loin de Beech Grove ? Bon sang, je ne l'espérais pas.

Je devais le faire parler, pour le cas où cette disparition de magie fonctionnait comme une commotion cérébrale. Je ne voulais pas courir le risque qu'il s'endorme et ne se réveille jamais.

— OK, donc Scavo est de retour et peut-être mêlé à tout ça. Mais comment as-tu su pour son retour et pas Grosmatou ?

Comme il mettait du temps à répondre, je me retournai et le vis la tête en arrière sur son siège, les yeux fermés.

— Parker ! criai-je en secouant son genou.

Ses paupières papillotèrent et il tenta de se redresser sur la banquette.

— Exact. Grosmatou n'est pas au courant, parce que c'est très récent. On l'a appris juste avant que je quitte mon poste d'agent de liaison des forces de l'ordre et que j'endosse le rôle de Sorcier communal.

Je me retournai vers l'avant et cherchai son regard via le rétroviseur.

— Mais tu n'aurais pas dû en informer Grosma-tou? Puisque c'est ton patron? insistai-je.

Ce Scavo était une vraie bonne piste, mais nous ne savions pas à quoi il ressemblait de nos jours et je n'avais aucun moyen de contacter Val ou Blackjack pour leur demander leur aide.

— Je lui ai fait un rapport, mais il n'a pas encore dû le lire. Il y a trop de paperasse, tout le temps. La bureaucratie dans toute sa splendeur.

Bien qu'à peine visible, son sourire avait au moins le mérite d'être présent.

— Je ne savais pas qu'il était actif à Blueberry Bay et non à Boston, mais c'est logique.

— Qu'est-ce que tu peux me dire d'autre?

Cette nouvelle information s'emboîtait bien dans le puzzle, sans résoudre entièrement celui-ci. Entre Parker malade et Angie effrayée, nous étions en plus mauvaise posture qu'au début de cette enquête.

— Parker? insistai-je, comme il mettait du temps à répondre.

— Je réfléchis. Je veux faire les choses comme il faut.

— D'accord.

J'attendis de longues minutes qu'il mette de l'ordre dans ses pensées. Pendant tout ce temps, je ne le quittai pas des yeux dans le rétroviseur pour m'assurer qu'il ne se rendormait pas.

Quand il reprit la parole, il bafouillait un peu.

— Cinq agents de terrain ont été enlevés avant les derniers événements. L'un d'eux était Percy, comme tu l'as noté. Les autres s'appelaient Cricket, Harry, Darjeeling et Bill.

À ma grande surprise, Angie prit part à la conversation.

— Est-ce qu'il y avait un chat tricolore dans le lot ?

— Oui, répondit Parker. Percy. Pourquoi ?

Elle ralentit la voiture, se gara et se tourna vers lui.

— On a rencontré un corgi tout à l'heure qui m'a parlé de plusieurs inconnus qui étaient récemment passés dans le coin. Je présume que vous êtes l'homme qu'il a mentionné, puis il y a nous, et en dehors de ça, il a parlé d'un chat écaille de tortue. Comme celui devant lequel nous venons de passer.

— Vous pouvez parler aux animaux ? s'étonna Parker, qui leva un sourcil avec effort.

— Après tout ce que vous avez raconté sur les réseaux criminels magiques et les conspirations, mon secret ne paraît plus si étrange que ça, avoua-t-elle lentement, comme s'il fallait lui arracher les mots tout de même.

— Il vient par ici, annonçai-je en voyant le chat en question s'approcher de notre voiture. Parker, baisse-toi.

Il s'écroula sur le côté, visiblement soulagé de ne plus avoir d'effort à faire pour rester droit.

J'attendis que le chat se soit éloigné, évitant soigneusement son regard pour ne pas éveiller ses soupçons.

— Maintenant, regarde, murmurai-je à l'intention de Parker. C'est Percy?

Il se redressa avec peine, réussit enfin à attraper l'arrière de mon siège avec le peu de force qu'il lui restait dans les bras.

— Oui, aucun doute, confirma-t-il après un rapide coup d'œil par la fenêtre.

Bingo! Enfin une piste solide.

— Suivez le chat! ordonnai-je à Angie.

L'excitation montait en moi. Nous n'arrivions pas trop tard pour arranger les choses, et si mon intuition était bonne, Percy nous conduirait à nos disparus... félins et humaine.

28

Parker nous mena à une maison en briques de style colonial, avec un panneau dans le jardin annonçant une procédure de saisie. J'ignorais comment il avait pu ne pas remarquer que nous le suivions. Peut-être était-il trop concentré sur la route pour prendre la peine de regarder derrière lui.

Il disparut à l'intérieur du bâtiment, Angie se gara le long du trottoir et nous sortîmes sans un bruit. Je me dirigeai vers la porte d'entrée et me retournai. Je constatai que j'étais seule.

— Les gars, grommelai-je en les rejoignant à la limite de la propriété. Qu'est-ce que vous faites ? On doit voir ce qu'il y a dedans !

— On ne peut pas entrer. C'est protégé contre la

magie, m'expliqua Parker, comme si c'était normal et banal.

Peut-être que ça l'était, pour lui.

— Mais je n'ai pas de pouvoir magique, et je ne peux pas franchir cette ligne non plus, argumenta Angie, qui tenta de franchir, en vain, le mur invisible.

— Vous pouvez parler aux animaux. Ce n'est pas un pouvoir magique, ça? souligna Parker en s'asseyant par terre.

Elle se rembrunit.

— Oh.

— On dirait que tu es toute seule, sur ce coup-là, me dit Parker, qui leva les pouces sans grande conviction depuis son trottoir. Tu vas t'en sortir?

— Pas le choix, répliquai-je en rassemblant mon courage. Je suis notre dernier espoir.

— Tu peux le faire! m'encouragea Angie avec un petit cri. Tu as fait tout ce chemin depuis la Géorgie. Tu ne peux pas échouer si près du but.

J'acquiesçai et me dirigeai à nouveau vers la porte. À ma grande surprise, elle n'était pas fermée à clé. Il n'y avait plus le moindre meuble ni électroménager au rez-de-chaussée. Rien de particulier ne me sauta aux yeux, mais les protections à l'extérieur étaient une preuve suffisante que j'allais trouver quelque chose, tant que je ne cessais pas mes recherches.

Après avoir exploré le salon, la cuisine et des w.c., je repérai deux escaliers, un montant et un descendant. Je choisis de commencer par l'étage supérieur. Lentement, je gravis les marches en priant pour passer inaperçue.

En haut, je débouchai dans un petit couloir avec deux portes de chaque côté. La première menait à une salle de bains. Contrairement au rez-de-chaussée, cet étage semblait totalement habitable. La douche possédait même un rideau au motif de smiley souriant jaune vif.

La deuxième porte révéla une petite bibliothèque. Ensuite, je trouvai une pièce vide. La dernière ne l'était pas du tout. Dans cette petite chambre aux murs roses et aux draps de princesse, une jeune femme aux cheveux noirs et maquillage prononcé dormait, dans un sommeil agité.

Je la reconnus tout de suite et me précipitai vers elle pour la réveiller.

— Melony! Melony! murmurai-je avec insistance.

Elle se frotta les yeux mollement, puis remarqua ma présence et se redressa d'un coup, comme sous l'effet de la peur.

— Qu'est-ce que tu fais là?

— Et toi, qu'est-ce que tu fais là? rétorquai-je en tirant sur les couvertures pour l'aider à sortir du lit.

— Je suis retenue en otage, qu'est-ce que tu crois ?

— Donc tu n'as pas kidnappé les chats ?

Même si Grosmatou me l'avait assuré, je n'avais pas vraiment cru en son innocence avant cet instant précis.

Elle se rembrunit, l'air offensée.

— Pourquoi j'aurais fait ça ?

— Tu disais que tu étais une otage ? Pourquoi ?

— C'est en rapport avec mon grand-père. Comme il n'a pas réussi à s'emparer du conseil, son patron s'est énervé. Il m'a enlevée pour être sûr que papi n'échoue pas, cette fois-ci.

— Échoue à quoi ?

Une crainte toute nouvelle me remontait l'échine.

— Il veut Grosmatou pour accomplir une sorte de rituel. Il a enlevé les autres chats pour l'attirer ici. Apparemment, il a juste saisi sa chance quand il m'a capturée, ce n'était pas prévu à l'origine.

J'ignorais d'où elle tenait toutes ces réponses, mais j'étais contente qu'elle les ait.

— Pourquoi est-ce qu'il a tant besoin de Grosmatou ?

Elle me dévisagea comme si la réponse était évidente.

— C'est l'un des plus puissants Diplomates au monde.

— Comment tu sais tout ça ?

Elle haussa les épaules.

— Les méchants aiment toujours révéler leurs plans ignobles avant de tuer tout le monde, non ? Donc ça doit être ça, je présume.

Je tirai à nouveau sur les couvertures, mais elle me les arracha des mains.

— On doit te sortir d'ici.

— Je ne peux pas quitter cet étage, il est protégé, m'informa-t-elle sur un ton monotone.

Avait-elle renoncé si peu de temps après sa capture ?

— Et comment on brise le sortilège ?

Melony grogna, agacée.

— Tu ne peux pas, tu ne possèdes pas de magie, tu t'en souviens ?

— Oui, c'est bien pour ça que j'ai pu rentrer et pas les autres.

— Intéressant. Eh bien, si tu es d'humeur pour une mission suicide, Grosmatou est retenu au sous-sol jusqu'à ce que les préparatifs pour le rituel soient terminés.

— Quel rituel ? Non, ne me dis rien, je ne veux pas le savoir, tout compte fait. Mais est-ce que tu sais où sont les autres chats ?

Soit je restais à papoter toute la journée avec elle,

soit je passais à l'action. J'avais perdu suffisamment de temps à parcourir Blueberry Bay d'un bout à l'autre.

— La plupart ont été placés dans des refuges du coin, puisqu'ils n'étaient plus d'aucune utilité. Un des hommes de main idiots a confié Grosmatou à un refuge par accident, lui aussi, sans se rendre compte de qui il était. D'après ce que j'en sais, ce type a été désintégré, depuis.

Elle rit avec amertume.

— Et Percy? On vient de le voir dehors.

Son visage devint froid et tranchant.

— C'était leur infiltré. Il nous a tous trahis.

— Nous? Ça veut dire que tu fais partie des gentils, désormais?

Elle me lança un sourire diabolique.

— Je présume que oui. Mais je ne t'aime toujours pas. Même si on est du même côté, maintenant.

— Je ne t'aime pas non plus, répliquai-je, amusée.

— Oooh, trop de sentiments nunuches, commenta-t-elle en levant les yeux au ciel. Bon, arrête de me faire perdre mon temps et va au sous-sol. Tu vas soit sauver tout le monde, soit te faire tuer. Je parie sur la dernière hypothèse. Bonne chance quand même!

29

Voilà ce que je savais…

Melony était coincée à l'intérieur, et sans doute Grosmatou aussi, tandis que Parker et Angie étaient coincés à l'extérieur. J'étais la seule à pouvoir entrer et sortir de la maison, et c'était à mon statut de normale que je le devais. Ha, ils allaient pouvoir ravaler leur condescendance à mon égard, après ça !

Saisie d'une nouvelle assurance, je descendis au sous-sol. Il était miteux, en matériaux bruts et rempli de cartons. Je ne vis personne, et pas grand-chose non plus puisque l'endroit n'était éclairé que par une toute petite fenêtre.

— Il y a quelqu'un ? lançai-je dans l'obscurité.

Un *miaou* de douleur me répondit. Je me précipitai en direction du son et découvris une minuscule caisse noire entourée de boîtes empilées au-dessus et de chaque côté.

Je tentai d'ajuster ma vision pour confirmer ce que, ou plutôt qui j'avais devant moi.

— Monsieur Grosmatou ! m'écriai-je, oubliant un instant d'être discrète.

Il poussa un nouveau miaulement pitoyable juste au moment où un chat maigre tricolore bondissait vers moi. Percy !

Il feula et enfonça ses griffes dans mon flanc.

— Miaou ! Miaou ! s'exclama Grosmatou, paniqué.

Percy se redressa et me donna un autre coup de griffe. Une douleur aiguë me traversa la poitrine. Qu'est-ce que j'étais censée faire ? Pouvais-je réellement me battre contre un chat ? D'accord, il était clair que c'était un chat méchant, mais il restait plus petit que moi et...

AÏE !

Alors que je méditais certaines considérations éthiques, Percy m'avait donné un autre coup et il se préparait à m'attaquer à nouveau. Il allait me griffer à mort si je n'agissais pas vite.

— Miaou ! Miaou ! m'appela Grosmatou.

Je me tournai vers lui, et il leva les yeux vers les cartons au-dessus de sa caisse.

Oui ! D'accord !

J'en attrapai un et le vidai de son contenu. Cette fois-ci, quand Percy s'approcha de moi, je plaquai le carton sur lui et coinçai le chat dedans.

Il feula, cracha et se débattit contre sa prison, mais il ne parvint pas à se libérer. Sans cesser d'appuyer sur sa cage de fortune, je le poussai vers une pile de boîtes et les empilai au-dessus de la sienne. Avec un peu de chance, le grand méchant le relâcherait avant qu'il ne manque d'oxygène là-dedans… mais pas avant que je parvienne à délivrer les membres de mon équipe qu'il avait capturés. Qui aurait cru que je me démènerais pour sauver la vie de Melony quatre jours à peine après qu'elle avait tenté de mettre un terme à la mienne ?

Parfois, la vie était vraiment plus bizarre que la fiction. Surtout quand la magie s'en mêlait.

J'observai le piège pour m'assurer que Percy ne pouvait pas en sortir, puis je retournai vers Grosmatou et le libérai de sa prison.

— Venez, on doit faire vite.

Il miaula et secoua la tête.

— Arrêtez de faire des manières ! insistai-je.

Il grogna et se plaqua contre l'entrée de sa cage, et je compris qu'il y avait une nouvelle barrière magique. Pas étonnant qu'il ne se soit pas enfui plus tôt. Il ne pouvait pas se servir de sa magie dans sa prison ni en sortir. Cela expliquait aussi pourquoi il ne me parlait pas.

Toute cette installation avait pour vocation de tenir les magicks à distance, mais comme j'étais dépourvue de pouvoir, je devais pouvoir franchir la barrière sans problème. Et si j'essayais ?

Saisissant ma chance, je tendis la main dans la cage et saisis Grosmatou. Il se retrouva tout de suite dans mes bras. *Oui !*

Lors de notre vol de la veille, le fait de le tenir m'avait brièvement donné de sa magie. Donc, en le tenant à présent, j'avais pu lui transférer ma non-magie. Il était intéressant de constater que l'absence d'une chose était aussi une chose. Il fallait que je me penche là-dessus plus tard.

Je serrai Grosmatou contre moi et je courus pour sortir de la maison.

En me voyant arriver, Angie tapa dans ses mains avec excitation et sautilla sur place.

— Tu as réussi ! Tawny, tu as réussi ! dit Parker, encore trop faible pour m'offrir davantage que quelques mots et un sourire.

Je posai Grosmatou dans la rue et il s'empressa de se laver à grands coups de langue pour se débarrasser de mon contact.

Parker lui donna un petit coup de pied.

— Je n'en reviens pas d'avoir été sauvé par une intérimaire, cracha le chat autoritaire.

Parker lui lança un regard noir. Grosmatou ne le remarqua pas ou n'en avait royalement rien à cirer.

— C'est bon, ça va !

Je m'accordai quelques instants pour reprendre mon souffle. La suite n'allait pas être aussi facile.

— Je retourne chercher Melony.

Je me précipitai à l'intérieur de la maison et la découvris qui m'attendait en haut de l'escalier.

— Donc, tu n'es pas morte, à ce que je vois, commenta-t-elle, l'air légèrement amusée.

— Non. On va te sortir de là, maintenant.

Je me plaçai derrière elle et l'enlaçai à la taille.

— Hé, qu'est-ce que tu fais ? protesta-t-elle en tapant sur mes mains et mes bras.

— Je te sauve. Je dois te transférer ma non-magie par le toucher. Il n'y a que comme ça que tu pourras franchir la barrière, lui expliquai-je, le souffle coupé.

— Non, merci, je préfère rester prisonnière.

— Tu veux bien la fermer et m'accompagner ? lui criai-je dans l'oreille.

Elle soupira, frémit, mais ne se débattit pas quand j'enroulai une nouvelle fois mes bras autour d'elle.

C'est ainsi que nous entamâmes notre descente

maladroite, trébuchant à plusieurs reprises alors que nous nous efforcions de bouger nos pieds en tandem.

— Je te déteste, me rappela Melony.

— Non, ce n'est pas vrai, répliquai-je, et elle ne prit pas la peine de protester.

30

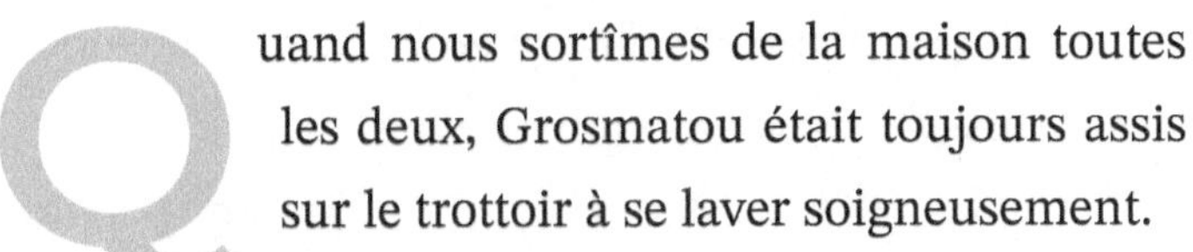

Quand nous sortîmes de la maison toutes les deux, Grosmatou était toujours assis sur le trottoir à se laver soigneusement.

— Nous devrions partir avant que Percy se libère ou qu'un autre méchant revienne ici, suggérai-je, agacée.

— Percy? Se libérer? demanda Parker en haussant les sourcils.

— Oui, je l'ai coincé sous un carton. Mais il m'a donné une sacrée raclée avant.

Je soulevai mon tee-shirt pour montrer les marques rouges profondes et je grimaçai. Elles me faisaient encore plus mal, ainsi exposées à l'air libre.

— Grosmatou, appelle Greta, ordonna Parker d'une voix plus forte que depuis son arrivée.

— Je n'ai pas fini de me laver, rétorqua son patron en grognant.

Parker ne céda pas, cette fois-ci.

— Je m'en fiche. Tawny est blessée et a besoin de Greta.

— Euh, vous pourriez convoquer Connie, aussi ? demandai-je, ce qui me valut la colère du chat.

Grosmatou protesta d'un grognement imposant, mais il soupira ensuite et disparut dans un nuage rose scintillant.

— Waouh, commenta Angie, qui battait furieusement des paupières en observant l'endroit où se trouvait monsieur Grosmatou juste avant.

Et elle était toujours dans la même position, bouche bée, quand il revint avec l'ange et la vampire.

— Qui c'est ? demanda-t-il, ne remarquant apparemment sa présence que maintenant. Pas la peine de répondre, je m'en fiche.

Il tourna sur lui-même et tendit la patte vers elle.

— Mémoire effacée. Boum !

Angie chancela comme si elle avait bu un verre de trop. Ce qui était d'ailleurs la façon non magique d'effacer la mémoire de quelqu'un, maintenant que j'y pensais.

— Connie, donne-moi de l'argent, ordonnai-je, en

pariant sur le fait qu'elle en avait sur elle, puisque c'était ainsi qu'elle se nourrissait.

— Je ne veux pas, annonça-t-elle sans ambages.

Les yeux de l'ange s'enflammèrent devant le refus de Connie.

— Mais tu vas le faire quand même, intervint-elle, contraignant la vampire à obéir.

Par chance, Angie semblait encore trop étourdie pour se rendre compte de quoi que ce soit. Elle avait besoin de dormir, comme je l'avais fait.

— Bien, grommela Connie, qui sortit une liasse de billets de son sac à main et me les tendit.

Sans prendre la peine de les compter, je les donnai tous à Angie.

— Je vous remercie de m'avoir aidée à retrouver mon chat perdu. Voilà votre argent, comme promis.

Elle l'accepta et retint son souffle.

— Mais il y a plus de mille dollars !

— Vous avez fait un super boulot, lui assurai-je en lui tapotant le dos. Maintenant que nous avons retrouvé monsieur Grosmatou, nous allons pouvoir tous rentrer chez nous.

— Oh, d'accord. Ravie d'avoir terminé.

Elle me serra la main, jeta un coup d'œil aux autres, puis rejoignit sa voiture.

Nous lui adressâmes de grands gestes jusqu'à ce qu'elle disparaisse.

— S'il vous plaît, faites ce qu'il faut pour qu'elle rentre chez elle saine et sauve, marmonnai-je, les dents serrées sans cesser de sourire et d'agiter le bras.

— C'est déjà fait, déclara Greta en me décochant un clin d'œil.

C'était bien évidemment l'ange qui jouait les protectrices de notre complice humaine, même si elle venait juste d'arriver sur place.

— Tawny est blessée, annonça tout à coup Parker.

Je soulevai mon haut, et Greta fronça les sourcils en examinant les entailles.

— Oh, par les cieux, marmonna-t-elle.

Elle posa sa main chaude dessus.

La chaleur s'amplifia sous sa paume. La lumière incandescente de son armure d'ange partit de son cœur, descendit le long de son bras et pénétra dans mon flanc. Greta y resta un moment, puis arrêta la lumière et enleva sa main.

Les coupures avaient disparu et elles avaient été remplacées par de la peau propre et lisse.

— Qu'est-ce qu'on fait pour Scavo? demandai-je. On ne peut pas le laisser s'en tirer.

— Qui est Scavo? intervint Melony.

Cela me coupa dans mon élan.

— Ce n'est pas lui qui t'a enlevée ?

Elle haussa les épaules.

— Aucune idée. Il ne m'a jamais dit son nom.

— Eh bien, si c'est bien lui, je présume que Val et Blackjack s'en occuperont tôt ou tard, dis-je aux autres.

— Et sinon ? voulut savoir Melony.

— Dans ce cas, nous reviendrons, déclara monsieur Grosmatou, qui faisait les cent pas sur le trottoir. Ce n'est pas encore fini.

Melony opina.

— Mon papi est toujours dans la nature. Il ne renoncera pas facilement.

Je frémis sous l'effet d'une bourrasque fraîche.

— Rentrons à la maison, lança Parker en me tendant la main.

Je la pris, Greta saisit mon autre main, et Connie celle de l'ange.

— Retour au QG, ordonna Grosmatou, et le nuage rose scintillant nous enveloppa.

Je fermai les yeux et savourai cette magie. Quand je les rouvris, j'étais de retour dans la salle du conseil.

Grosmatou se tenait en bout de table, à sa place habituelle pour asseoir son pouvoir.

— Voilà qui résout l'affaire des chats disparus. Tawny, vous êtes renvoyée.

— Mais attendez, je…

— Renvoyée ! répéta-t-il plus fort.

Waouh, même pas un petit remerciement.

Je secouai la tête et sortis du bureau. Je ne m'étais jamais sentie aussi peu respectée auparavant.

— Tawny, attends ! me rappela Parker.

Je me tournai et l'attendis. Quand il me rattrapa, il m'enlaça entre ses bras puissants. Maintenant que nous étions de retour à Beech Grove, il avait retrouvé sa forme.

— Monsieur Grosmatou n'est pas doué pour les au revoir, mais moi, si.

Sur ces mots, il posa ses lèvres sur les miennes. Je me rendis soudain compte que ce moment partagé avec lui comportait une magie spéciale. De chauds bourdonnements me traversèrent et j'en eus le vertige.

Je pouffai.

— Si c'est de la part de Grosmatou, tu peux le reprendre.

— D'accord.

Il recommença à m'embrasser. Et encore une fois.

— Les phéromones ! cria Grosmatou au loin, mais nous ne lui accordâmes aucune attention, perdus dans cet instant tant attendu.

Même si j'ignorais toujours quoi penser de ce qui

s'était passé ces derniers jours, j'aimais bien la personne que j'étais en train de devenir.

Intérimaire n'était peut-être pas le pire boulot au monde...

Et je voulais sans doute autre chose en plus.

Inutile de vous arrêter ici. Le livre suivant de cette série est désormais disponible et gratuit avec votre abonnement Kindle Unlimited. Commandez votre exemplaire dès aujourd'hui !

ET ENSUITE ?

Il se passe quelque chose à la Paranormal Temp Agency, et je vais découvrir ce que c'est.

Pour mes deux dernières missions d'intérimaire, le patron félin, monsieur Grosmatou, a dû me forcer. Cette fois, je suis bien plus disposée à jouer à leur petit jeu. Il est grand temps que j'apprenne pourquoi ils m'ont tirée de ma vie ordinaire pour me jeter dans ce nouveau monde insensé rempli de dangers et de magie.

Mais ça ne va pas être facile. D'autant plus que la PTA m'ordonne d'aider la vampire de service Connie à enquêter sur un nouveau clan qui vient d'apparaître dans notre petite ville paisible de Beech Grove. Pour cette mission, ils m'accordent un statut de vampire temporaire… et tous les avantages et terribles inconvénients qui vont avec.

Et le pire ? C'est que si je ne résous pas vite ce problème, je pourrais bien rester coincée dans ce rôle de monstre immortel pour toujours…

Mais c'est ce qui arrive quand on est vampire à mi-temps.

Vampire à louer **est maintenant disponible. Commandez votre exemplaire dès aujourd'hui !**

Je m'appelle Tawny Bigford. J'ai longtemps eu tendance à croire que la chose la plus intéressante à mon sujet, c'est que j'écris des romances à mi-temps qui me rapportent un maigre revenu... Mais ensuite, j'ai rencontré un petit chat noir qui a tout changé.

Son nom ? Monsieur Grosmatou.

Son rôle ? Diplomate à la tête de la PTA du coin. C'est le sigle de la *Paranormal Temp Agency*, au fait, et non d'une toute autre organisation qui aurait malheureusement le même acronyme. Du genre, les parents d'élèves. Croyez-moi, j'ai une histoire sordide avec ces gens-là.

Tousse, tousse. Un ex infidèle.

Bref...

Alors que Grosmatou et moi venions juste de

nous rencontrer et que je n'avais rien demandé, il m'a engagée comme intérimaire et forcée à travailler sur deux affaires au cours de la semaine écoulée. La dernière concernait plusieurs enlèvements qui nous avaient conduits jusqu'à une petite île dans le Maine, État très froid et pittoresque.

J'ai failli mourir au moins une fois, et sans doute plus, je vais donc vous paraître bizarre quand je vous dirai qu'il me tarde la prochaine mission.

Laissez-moi faire un petit récapitulatif pour que vous compreniez mieux les choix que j'ai faits.

La première chose que vous devez savoir, c'est que la magie existe. Pour de vrai !

Nous sommes tous nés avec, mais nous l'avons pour la plupart perdue en cours de route. J'ai eu un bref avant-goût de ce pouvoir spécial lors de ma première affaire, et depuis, je rêve de le retrouver.

Cela dit, bien que j'aie connaissance de la magie, je n'appartiens pas à leur communauté. Je suis une étrangère, une femme que les autres qualifient de « normale » sur un ton railleur. Les gens véritablement doués de magie sont appelés tout simplement des magicks. Et la PTA susmentionnée est une agence gouvernementale spéciale qui protège les intérêts du territoire de Peach Plains, dans l'État de Géorgie. Ce n'est que l'un des nombreux comités de ce genre de par le monde.

Sept membres permanents siègent au conseil. Toute autre personne dont ils ont besoin ne les rejoint que temporairement, sous le statut d'intérimaire.

Moi, par exemple.

En général, ils effacent la mémoire des intérimaires une fois que ceux-ci ont accompli leur mission, mais moi, je me souvenais de tout, pour le meilleur ou pour le pire.

Le grand patron, c'est Grosmatou, un chat noir bureaucrate. Il est accompagné du sorcier communal, rôle actuellement rempli par Parker Barnes, mon très sexy voisin. Je crois que nous sortons ensemble à présent, mais comme nous ne nous sommes plus embrassés depuis notre première fois une semaine plus tôt, qui sait...

Bref, en dehors de lui et de Grosmatou, il reste les cinq agents de liaison. Greta est un ange authentique qui supervise les Écoles. Connie est la vampire grincheuse en charge du Commerce. Il y a également Buckley à l'Agriculture et un vieux type en costume pour les Cimetières. Je ne sais presque rien sur eux deux.

Nous sommes censés avoir aussi un agent de liaison avec la police, mais ce poste est pour l'heure vacant, suite à une succession d'événements qu'il serait trop long d'expliquer ici...

Alors, à la place, nous avons une stagiaire qui a postulé elle-même pour être ce fameux agent, à condition qu'elle prouve qu'elle mérite ce boulot. Je ne nourris pas de grands espoirs à son sujet, étant donné qu'elle a tenté de me tuer... et failli réussir.

Oui, je ne suis pas sa plus grande fan, et le sentiment est réciproque.

Si vous m'aviez posé la question il y a une semaine, je vous aurais dit que je déteste la PTA et que je ne veux rien avoir à faire avec eux. Mais notre dernière affaire m'a fait prendre un virage à cent quatre-vingts.

Les autres me cachent quelque chose, quelque chose d'important, à mon sujet. Je n'arrêterai pas de chercher tant que je n'aurai pas obtenu quelques réponses.

La dernière fois, ils m'ont traînée jusqu'au quartier général de l'agence d'intérim paranormale contre mon gré. Cette fois, je vais me pointer sur leur perron et exiger leur attention.

Nos deux premières aventures m'avaient également appris une vérité bien plus prosaïque, à savoir qu'il était difficile de survivre dans ce monde sans voiture. Alors, envoyant mon empreinte carbone aux orties, j'avais utilisé mon dernier chèque de droits d'auteur pour m'acheter une berline âgée de dix ans afin de m'aider à aller d'un point A à un point B.

Lors des deux occasions où je m'étais rendue à la PTA, monsieur Grosmatou m'avait fait voler grâce à sa magie, mais j'aimais l'idée d'être seule responsable de mon moyen de transport cette fois-ci.

Et j'arrivai presque juste après avoir démarré, puisque les vieux bâtiments abritant le quartier général de l'agence ne se trouvaient qu'à quelques kilomètres du centre-ville de Beech Grove.

On ne distinguait rien à travers les vitres, une ruse pour éloigner les curieux. Que j'aie de la magie ou non, je faisais partie de leur monde, à présent. C'était du moins ce que je me répétai alors que je récupérais mes affaires soigneusement emballées et me dirigeais vers la porte d'entrée.

Comme elle était fermée, je frappai.

Personne ne me répondit, donc je pris un caillou et le lançai à travers la vitre. De minuscules éclats atterrirent partout, mais je m'en fichais. Je devais entrer, et en plus, ce n'était pas comme s'ils ne pouvaient pas réparer ma petite bêtise avec un peu de magie bien placée.

Ce que j'avais à dire était trop important pour que j'attende à l'extérieur. Avec un peu de chance, je trouverais quelqu'un disposé non seulement à écouter, mais aussi à parler.

Jusqu'à présent, j'étais leur pion. Désormais, j'étais prête à être une joueuse plus importante dans la partie...

Appelez-moi Tawny Parker.

***Vampire à louer* est maintenant disponible. Commandez votre exemplaire dès aujourd'hui !**

À PROPOS DE MOLLY FITZ

Même si Molly Fitz, l'autrice de bestsellers sur la liste de *USA Today*, ne sait techniquement pas communiquer avec les animaux, ses trois assistants d'écriture félins et elle ont des conversations très animées en vaquant à leurs occupations.

Elle vit avec son enfant et leur propre zoo quelque part dans la nature sauvage de l'Alaska. Molly s'aventure parfois hors de chez elle pour de bons repas, du café délicieux, ou pour rencontrer de nouveaux animaux.

Apprenez-en plus sur Molly et ses livres en français, et n'oubliez pas de vous inscrire à sa newsletter sur **minoumystérieux.com.**

LES ENQUÊTES DE LA CHUCHOTEUSE

Angie Russo vient de s'associer avec le tout premier chat détective parlant de Blueberry Bay. Avec sa bande hétéroclite d'humains et d'animaux, Octo-Chat est bien décidé à sauver la situation... tant que ça n'interfère pas avec son planning. Commencez par le tome 1, ***Minou Mystérieux***.

MYSTÈRES MAGIQUES DE MERLIN

Gracie Springs n'est pas une sorcière… mais son chat est un sorcier. Elle doit maintenant aider à garder son secret ou risquer de passer le reste de sa vie dans une prison magique. Dommage que les problèmes semblent les suivre partout où ils vont! Commencez par le tome 1, ***Merlin affronte un familier***.

L'AGENCE D'INTÉRIM PARANORMALE

La vie simple de Tawny Bigford prend un tour magique quand elle tombe sur le meurtre de sa propriétaire et qu'elle est recrutée par un chat noir parlant nommé Fluffikins pour prendre le rôle de la défunte en tant que Sorcière Officielle de la ville de Beech Grove, Géorgie. Commencez par le tome 1, ***Sorcière à louer***.

COMMUNIQUEZ AVEC MOLLY

Si vous cherchez à rejoindre une communauté de doux dingues qui aiment les animaux autant qu'ils aiment les livres, alors nous allons vraiment nous entendre !

Suivez **ma page Facebook** exclusivement réservée à mon lectorat français : Facebook.com/lapilealire

Abonnez-vous à **ma newsletter** pour recevoir des cadeaux numériques, les dernières nouvelles et même des cadeaux occasionnels réservés uniquement à mes fans français : minoumystérieux.com/abonnez

www.ingramcontent.com/pod-product-compliance
Lightning Source LLC
Chambersburg PA
CBHW050304110726
47899CB00007B/2107